El Juego de la Vida

Edu Petriati

Published by Edu Petriati, 2024.

EL JUEGO DE LA VIDA

First edition. May 12, 2024.

ISBN: 979-8224796373

Written by Edu Petriati.

Tabla de Contenido

Contenido

INTRODUCCIÓN

Hace dos décadas, un libro cambió mi vida, ofreciéndome respuestas a preguntas profundas que había llevado conmigo desde mi crianza en un hogar y una escuela católicos. "My Big Toe" de Thomas Campbell, cuya traducción podría parecer extraña ("Mi Gran Teoría del Todo"), se convirtió en un faro para mí en un mar de incertidumbre. Esta trilogía, más tarde compilada en un solo volumen, detalla las enseñanzas que Campbell adquirió a través de su experiencia con Bob Monroe en los inicios del Instituto Monroe.

El libro desglosa minuciosamente cómo funciona nuestra realidad, el universo, la consciencia y la evolución. Al final, arroja luz sobre la razón fundamental de nuestra existencia y nuestro propósito en la inmensidad del cosmos.

Paralelamente, mi interés personal en la astrología ha sido una constante a lo largo de mi vida. Comencé a adentrarme en sus complejidades en busca de respuestas sobre quiénes somos, de dónde venimos y hacia dónde nos dirigimos. Con el tiempo y a través de experiencias personales, llegué a comprender que la astrología no es simplemente un conjunto de creencias, sino una herramienta poderosa para la autoexploración y la comprensión del mundo que nos rodea.

La astrología, desde la interpretación de una carta natal hasta el análisis de los tránsitos planetarios, ofrece un mapa de nuestra existencia. Si bien no determina nuestro destino, nos proporciona valiosas explicaciones sobre nuestras tendencias, nuestras motivaciones y los ciclos que influencian nuestras vidas.

En el libro, se explora el viaje del alma hacia la Tierra y cómo, una vez encarnados, nuestras vidas se entrelazan con los movimientos de los planetas. Aquellos familiarizados con la astrología podrán identificar patrones en la carta natal del personaje y anticipar los eventos significativos de su vida. Para aquellos menos versados en astrología, esta información será una guía para comprender mejor cómo influyen los astros en nuestras vidas y decisiones.

En última instancia, el objetivo del que escribe es invitar a la reflexión sobre la naturaleza cíclica de la vida y la eterna transformación del ser. Solo para recordar que, aunque los ciclos tienen principio y fin, la vida continúa en una espiral infinita de experiencias y aprendizajes.

EL VIAJE A LA TIERRA

La protagonista de esta aventura es Celeste, que se encuentra en el proceso de definición de su nueva llegada a la tierra. La podríamos definir como un alma vieja ya que ha pasado por varias encarnaciones e infinidad de experiencias y pruebas hasta llegar a este presente, donde algo nuevo está por experimentar.

Ella, más allá que en el juego se la conoce como Celeste, ya ha pasado por distintos personajes anteriormente, en distintas circunstancias, épocas y lugares. Ahora se encuentra en el lugar donde los participantes realizan la selección de condiciones para ir a la tierra. Cada uno que regrese a una experiencia en la tierra tendrá que especificar en qué condiciones irá, más allá que son selecciones de comienzo, no de desarrollo. Existe el libre albedrio el cual es ejercido por todos los participantes del juego, con lo cual son infinitas las posibilidades y alternativas de lo que ocurrirá.

Celeste en este momento es energía consciente y por su decisión vuelve para encarnar en el 'juego de la vida'. Ella está decidiendo cual va a ser su parte.

Tiene que elegir los padres, el lugar donde nace, y después queda a la espera que se le den las condiciones a los personales que serán sus 'padres', los cuales deben cumplir las condiciones que ella especificó para que se dé la concepción y poder bajar al plano de la tierra.

Celeste es consciente de todas sus anteriores participaciones y el resultado de cada una de ellas. Ahora ella elije algo distinto para experimentar y sumar a su extensivo historial y experiencias.

Si bien la esencia de Celeste es inmortal y tiene su posición jerárquica dentro de cierta estructura universal, ella sabe que cuando llegue a la tierra nada de eso lo recordará y más aún, se le asignarán determinadas características que no son propias, sino que vienen de los que ella eligió con el rol de padres. Esas características adicionales están dadas por el árbol genealógico de esas dos familias, los cuales tienen cada uno su historia y esta se debe continuar. Celeste no tiene control sobre eso, sino que esos serán condicionantes que deberá llevar adelante para cumplir su objetivo; objetivo que ella misma elaboró en función de lo que pretende lograr con esta experiencia.

Luego de haber llenado toda la información en cuanto a su personaje, la información es procesada por la inteligencia artificial (IA), la cual está conectada con todos los participantes en la tierra. Cuando estén dadas las condiciones solicitadas por Celestes para los que van a ser sus padres, es en ese momento cuando ella comienza su participación.

Celeste llena la información requerida de la siguiente forma:

Padre: de espíritu libre, tranquilo, afable

Madre: de carácter fuerte, con mucho empuje y ambición. Esto es porque quiere vivir la experiencia de una madre dominante y emprendedora, cosa que no tuvo en sus previas experiencias.

Lugar: ciudad con tradición pero que no sea una megápolis. Con esto quiere experimentar el vivir en una ciudad que si bien tiene todas las característica de una ciudad importante, también tiene menos vorágine y trajín.

No se elige nacionalidad o características específicas sino que se buscan elementos que la lleven a superar aspectos que anteriormente no resolvió satisfactoriamente y también para poder compartir sus conocimientos previamente adquiridos y sumar al bien común.

Toda esa información la procesa la IA y se busca entre todos los posibles actores a nivel mundial que cumplan con las condiciones solicitadas.

La IA busca dentro de los millones de posibles candidatos los padres que tengan condiciones a las solicitadas y árboles de familia que Celeste pueda enfrentar de acuerdo con su previa capacidad adquirida y con eso desarrollar nuevas aptitudes que no fueron completamente superadas en vidas pasadas.

La IA nunca le asignaría algo que no pueda cumplir, esto no tendría sentido ni a nivel individual o colectivo. Que cada uno pueda superar las situaciones con la cual se enfrente dependerá de las acciones que cada uno tome, y dependiendo de eso las cosas tendrán su resultado. El resultado ya forma parte de lo que cada participante haga y demás circunstancias que intervengan en el momento. Recordemos que la memoria se borra al llegar, con lo cual las pruebas no superadas anteriormente, ya tendrán la posibilidad de ser completadas en las siguientes experiencias.

Le llega el aviso a Celeste que se prepare porque para determinada fecha terrenal (que es distinta a la universal) va a pasar por el proceso de transmutación del estado actual, a la nueva vida que se va a crear.

Esto se sabe porque la IA avisa que se encontraron los participantes que reúnen las condiciones que Celeste solicitó, y todo está listo para la concepción.

Celeste se prepara, los miembros de su clan le dan la despedida y le dicen que la van a esperar ansiosos en su regreso para que cuente todo lo ocurrido durante esta nueva experiencia.

Celeste entra en el lugar especializado para distribución de almas que encarnan. Entra en un lugar muy amplio y luminoso, donde hay una gran cantidad de sillones tipo cama con un panel de control integrado. La guían a Celeste para que se ubique en uno de ellos. Ella se recuesta muy cómodamente y espera la activación.

Se produce una burbuja de luz que recubre el sillón donde está recostada y ella siente un movimiento, una gran aceleración hacia adelante y entra en un túnel de luz, ve las galaxias, los planetas, el sistema solar, la tierra y de pronto, nada.

No recuerda más nada... Silencio, oscuridad, la nada....

...Celeste que todavía no nació, sino que se encuentra en estado de gestación en la madre, ya tiene asignada la carga genética de los padres y sus ancestros distribuidas en distintas proporciones en su ADN. Este se determinó al momento de la gestación.

Durante su gestación pasa por todos los mismos estados de ánimo de la madre. A partir de determinado momento escucha la música que la madre escucha, siente los gustos de lo que come la madre, siente sus alegrías y sus tristezas y va creando un vínculo con ella el cual las unirá por toda la duración de esta experiencia.

Celeste no tiene ninguna memoria de dónde venía. Se encontraba en el agua, no sabía dónde, pero le brindaba protección y calor, hasta se podía mover! Compartía todo con alguien que todavía no sabía que era su madre, eso la mantenía acompañada, no se sentía sola.

Pasa el tiempo y las sensaciones van en aumento. Se encuentra en un lugar donde cada vez hay menos espacio y trata de acomodarse dentro de él, hasta que en determinado momento algo pasa.

Hay una crisis, movimientos, se va el agua en la cual estaba inmersa, comienzan los apretujones, no sabe que está pasando.

Un momento después está en otro lugar, fuera de su madre...

Que es esto? Que paso aquí? Todo confusión, todo foráneo, todo caos.

En ese momento de caos y confusión nace Celeste.

La enfermera mira el reloj que se encuentra en la pared de la sala de partos y anota en la ficha 12:40 AM.

EL COMIENZO DE CELESTE

El lugar, la fecha y la hora de nacimiento son la base para su carta natal, la cual tiene un paralelismo en su información con el momento de la concepción, como veremos luego por la comparación de la carta natal y las pruebas genéticas.

Su carta natal le da las características astrales del momento, es cuando se inician lo que llamamos ciclos de la vida en la tierra. Todo es parte de un plan integral donde el trabajo minucioso de la IA seleccionó el mejor camino hasta llegar al momento adecuado en base a la información ingresada por Celeste y todos los antecedentes que ya existían. Todo tiene el objetivo de cumplir un propósito.

El Sol se encontraba en el signo de Virgo, lo que le da el signo zodiacal, con ascendente en el signo de Géminis. Estos signos brindan ciertas características y atributos que ya veremos cómo se irán manifestando al correr de la vida.

Los padres, los abuelos, los tíos, toda la familia alegre y alborotada por la recién llegada. Todos van a dar su bienvenida, opinan a quien se parece, es un momento donde abunda el amor y la buena energía la cual llena a Celeste. Ella no es consciente de todo lo que pasa y recibe.

Celeste no entiende nada, solo sabe que cuando tiene hambre y cuando se siente incómoda en el pañal tiene que llorar. Parece que esa interacción funciona bien, porque cuando llora tiene respuesta a su llanto. Es la primera comunicación que tiene este ser de luz que ya pasó por esto infinidad de veces, pero no lo recuerda.

Eso es el llegar al juego de la vida.

No es la entrada por la puerta principal con todos los reconocimientos anteriores con bombos y platillos, sino a lo básico de la existencia humana. Ser alimentada, estar limpia y atendida con amor.

A partir de ese momento, Celeste comienza a transitar los ciclos de su vida. Entra en un juego que tiene las mismas reglas y objetivos que en otros lados, pero aquí se manifiestan distintos. Los sentimientos son algo muy particular del ser humano y del plano de la tierra. Si bien todo el universo funciona con reglas matemáticas, cuando intervienen los sentimientos, dos más dos puede dar cinco! La algebra booleana a veces no funciona como se espera, especialmente entre las relaciones humanas. Pero no es que esto esté mal, todo tiene una explicación.

La carta natal de Celeste tiene las siguientes características, Júpiter y Venus en casa uno, Urano en casa dos, Plutón y Marte en casa tres, la Luna, el Sol y Mercurio en la casa cuatro, Saturno en casa diez y Neptuno en la casa once.

De acuerdo con su carta natal, le podemos definir a Celeste las siguientes características generales:

El Sol en Virgo le da la característica de ser meticulosa, ordenada y mental en adición que siendo mujer, el signo le brinda un encanto adicional. Su ascendente en Géminis la hace atractiva, ingeniosa y con capacidad para conectar con los demás.

Júpiter en la primera casa le brinda las características de ser espontánea y carismática, con buena capacidad para fascinar a los demás. Su Venus que también se encuentra en la primera casa hará que durante su vida, Celeste valore la estética personal, sumando esto a su encanto natural que la muestra visualmente atractiva.

Urano en la Segunda casa le augura vaivenes económicos durante su vida. Buscará la forma de no estar atada a sus ingresos con una necesidad de libertad y liberación en ese aspecto, lo que a menudo la conducirá a cambios y perturbaciones inesperadas en el plano económico.

De pensamientos profundos y mente poderosa, pero como se encuentran Plutón y Marte en la casa de la comunicación, esta puede llegar a ser muy apasionada, intensa, directa, cruda, y hasta con falta de tacto. El contacto con los demás puede ser distante durante la niñez y ya se verá como lo maneja cuando sea adulta.

El Sol, la luna y Mercurio en la cuarta casa del hogar tiene una influencia muy profunda en lo que es la seguridad emocional y la dinámica familiar. Su identidad está estrechamente ligada a sus antecedentes familiares y las experiencias que tenga durante su crecimiento. Sus raíces son muy importantes, le dan sentido de pertenencia. La Luna le brinda profunda intuición e inteligencia emocional. Mercurio le augura un hogar lleno de libros, donde se pueden tratar temas de adultos con los más chicos, donde la educación es muy importante.

Al estar Saturno en su décima casa, le genera grandes ambiciones y también altos estándares en lo que va a ser su desarrollo intelectual y profesional. No le escapará a trabajar duro para lograr sus objetivos. Asumirá las responsabilidades sin pensar.

Por último Neptuno en la undécima casa le brinda creatividad e imaginación. Se sentirá cómoda con los temas espirituales y metafísicos y tendrá una buena comprensión del inconsciente colectivo.

Estas son las condiciones con las cuales llega Celeste al plano de la tierra. Son características que ella todavía no comprende y que las comenzará a mostrar a medida que vaya creciendo. Ciertas características se podrán ver ya desde pequeña, otras se verán cuando comiencen a manifestarse los ciclos de su vida, principalmente a los 7, 14, 28 años y luego entre los 40 y 43. Este último ciclo el cual es la oposición de Urano, se la conoce como el final de la primera parte de la vida. Durante este período se podrá ver qué resultados se obtuvieron de la combinación de sus características natales, sus ciclos astrológicos y las importantes decisiones que se tomaron haciendo uso del libre albedrío. Con la oposición de Urano tendremos el balance de lo transcurrido en la primera mitad de la vida, y sin lugar a duda será el punto de partida para la segunda parte de la vida de Celeste.

Así comienza la vida de Celeste, incluidos los ciclos que vendrán tal como le sucede a cualquier otro participante del juego de la vida en la tierra.

LA NIÑEZ DE CELESTE

Celeste va creciendo y va aumentando su participación dentro de un entorno de familia y conocidos, a los cuales los comienza a reconocer y a entablar una conexión con ellos. Con algunos sentía más afinidad, con otros menos, aunque todos la trataban muy bien. Le gustaba estar en compañía de gente.

Es una etapa en la vida de Celeste donde las cosas son muy simples. Los días transcurren sin mayor sobresalto y comenzando a reconocer sabores, comidas, a gatear, a pararse, a dar los primeros pasos...Y así transcurre su vida con aumentos de actividades y participación, sin mayores sobresaltos que podemos imaginar para una niña que ya tiene 10 años.

De pronto, primera gran crisis en la vida de Celeste.

Tremendo problema entre los padres, lo cual los lleva a la separación y la mudanza de Celeste con su madre a la casa de sus abuelos maternos. Es un período crítico, no solo para una persona adulta, sino también para alguien que está creciendo.

Podríamos decir que esta es la primera crisis de Urano en la segunda casa, que por más que ella en este momentos no tenga ingresos, las finanzas familiares tienen un efecto en ella.

La causa de la separación de sus padres se debe a problemas económicos por parte del padre, donde el haber invertido en negocios que no dieron los resultados esperados afectó la estabilidad de la familia. Algo similar ya había pasado anteriormente y la madre de Celeste fue la que tuvo que salir al rescate de la situación. En esta segunda oportunidad, no hubo arreglo y los padres terminaron separándose.

Coincidentemente en la carta natal de Celeste, Plutón en tránsito entraba su casa cuatro, la casa referente al hogar. Esto no solo está produciendo la mencionada crisis en la vida de Celeste, sino que augura un tiempo bastante inestable para los próximos años, ya que Plutón hará conjunción con su Luna, con el Sol y con Mercurio durante su tránsito por dicha casa.

Si bien es una época de crisis, también es un período de ver a la familia en acción. Tanto los abuelos como los tíos de Celeste son de gran ayuda y soporte durante un período crítico para la familia.

Se debe aclarar algo que es básico y fundamental para comprender 'el juego de la vida'. Si bien Celeste puso condiciones para su llegada y estas se cumplieron tal cual lo expresado, una vez en la tierra el desarrollo está condicionado por algo básico y regla del juego que es el libre albedrío.

Eso lo sabía ella y todos los participantes que están en el juego, con lo cual las decisiones que tome cada uno de los personajes conocidos o externos, corren por parte de cada uno y eso hace que no se sepa cómo se desarrollará el juego. Se sabe cómo comienza, pero no se sabe cómo evoluciona o como termina. Eso es lo apasionante y enigmático de este juego.

Cualquier video juego está diseñado tal como es el juego de la vida, pero con la gran diferencia que los personajes intervinientes están 'limitados' en sus acciones, decisiones y movimientos. El video juego tiene sus límites que podrá estar dado por la velocidad de procesamiento, complejidad de la programación, costos y demás, pero en el Juego de la Vida esto no sucede.

La astrología de alguna forma nos lo indica con los ciclos de los planetas. En el juego de la vida se repiten los ciclos, no es algo lineal aunque nos de esta impresión, en el juego pasamos por el mismo ciclo en algunos casos todos los meses en otros una vez en la vida, pero aquellos que se repiten, dado que los astros celestes cada uno tiene una translación distinta, pueda que los demás astros estén en otra posición. Es por eso que la astrología define la tendencia del ciclo, pero el efecto puede variar, nunca se repiten exactamente las mismas condiciones.

Con lo anteriormente mencionado es muy difícil poder predecir el futuro. Es como el pronóstico del tiempo, se dice hay posibilidad de lluvias en porcentajes, que esto se cumpla va a depender de otros factores climáticos los que podrían cambiar la tendencia esperada.

En la información que ingresó Celeste en cuanto a lo que solicitaba para regresar a la tierra, ella definió cierta característica de sus padres y el lugar, pero no podía definir que los padres no se separaran porque eso atentaría contra el libre albedrío de otros participantes, y eso no se puede hacer.

Aquel que viole esa regla del juego de la vida en el plano de la tierra, tendrá que en algún momento enfrentar las consecuencias. En otros planos más elevados, condicionar el libre albedrío ni siquiera es una opción, más allá que alguien con un alto grado de consciencia no lo haría aunque estuviera permitido.

También hay que mencionar que existen guías, los cuales no se ven, pero están para ayudar en el juego. Estos guías están disponibles 24 horas al día, pero para llegar a comprender esto requiere de cierta apertura a otras dimensiones que muchas veces no se logra por distintos motivos. Similar a la astrología, que muchas veces no se comprende el alcance que tiene y para que está. Estos guías tratarán de comunicarse de distinta forma, pero sin intervenir directamente, podríamos llamarlos 'asesores'.

Digamos que muy por arriba estas son reglas y condiciones básicas del juego. Ahora veamos cómo sigue nuestra protagonista, esto recién comienza...

Es el periodo donde Celeste inicia sus estudios. Le gusta la escuela. Se interesa por lo que le enseñan. Es entretenido, le abre la imaginación.

Celeste puede tener chispazos de lo que fue antes de llegar a este plano, tiene sueños, o imagina cosas distintas, le atrae el cielo, las estrellas. A la noche contempla el firmamento como buscando algo que no sabe que es. A qué punto llega su atención al firmamento, que hasta ya reconoce algunos satélites que orbitan la tierra y sabe a qué hora y en qué dirección pasan. Lo de más allá atrae, activaba su búsqueda de conocimiento, es su instintivo, no sabe por qué, no lo podría explicar pero siente una conexión a algo que no ve.

Vive con sus abuelos y su madre y tiene una vida tranquila. Hace amigas en el lugar donde vive, y juegan horas y horas creando cosas, inventando juegos, mirando películas. Mas allá de su vida social que es participativa, pasa horas jugando sola, o leyendo. No le molesta estar sola, se encuentra a gusto con ella misma.

Mas allá de todos los problemas ocurridos, siente que tiene todo lo que necesita.

Su madre trabaja en una empresa que venden aparatos médicos de alta complejidad. Tiene un cargo gerencial y le demanda tiempo completo. Ha llevado adelante una carrera exitosa en la empresa y pudo haber sido una de las causas de su separación. El padre de Celeste, que es comerciante y tiene su propio emprendimiento, es más relajado, menos ambicioso y conformista.

Ambos sienten un profundo amor por Celeste y más allá que ya no viven juntos, ella disfruta cada momento que está con cada uno de ellos.

El padre de Celeste la lleva a pasear, al cine, a parques de diversiones, es entretenido y ella disfruta el esparcimiento con él.

La madre de Celeste, luego de los intensos días de trabajo que tiene, trata de relajarse y descansar durante su tiempo libre. Es importante para ella la educación de su hija y es común que comparta con ella artículos, libros o temas que ayuden a estimular la curiosidad y aprendizaje de Celeste. Le gustaría que su hija sea exitosa en la vida, que pueda tener un desarrollo profesional como ella lo logró. Son tiempos de cambios a nivel social.

El abuelo materno de Celeste trabajaba en una empresa de aviación con lo cual tenía pasajes gratis mientras hubiera lugar en los vuelos. A Celeste le encantaba los viajes que realizaba con los abuelos a distintos estados para visitar parientes y amigos. Era por lo general la gran aventura del verano durante las vacaciones de la escuela. Si bien eran vacaciones y de esparcimiento, el compartir la casa con otros, donde también había medios primos y demás de su edad, era algo nuevo. Nuevos entretenimientos, nuevas aventuras, nuevas experiencias.

En vacaciones la rutina diaria cambiaba completamente y era mucho más activa que durante la época escolar. Era cuando aparecía lo nuevo, ver y descubrir otras cosas. Estimulaba su mente muy curiosa.

Con su madre tenía escapadas en los fines de semana, donde por lo general iban a la playa. Tanto a Celeste como a su madre les encantaba el mar y tenían acceso a las playas con unas horas de manejo. Desde pequeña Celeste disfrutaba de los juegos con la arena, entrando y saliendo del agua. Se sentía libre y conectada al agua, que si bien no lo pensaba, era bajo el ambiente que se llevó a cabo su gestación. Su Sol y Luna en Virgo le pedía estar en contacto con el agua, equilibraba sus energías.

Así transcurren sus estudios elementales donde es muy aplicada y reconocida por su capacidad y desempeño. Aparece en el cuadro de honor año tras año.

Nunca su madre o sus abuelos se tuvieron que preocupar por el tema de hacer la tarea y estudiar. Celeste era muy responsable en ese aspecto.

Llega la época de la escuela superior, donde ya comienzan a interesar los amigos del sexo opuesto. No tiene una vida muy social, pero ya había formado un grupos de amigos, algunos de la escuela, otros amigos de infancia y amigos de amigos.

Para poder comprender porque una persona actúa de determinada manera o comprender que pasa por su mente, el análisis astrológico brinda la respuesta describiendo las características de acuerdo con su carta natal.

Veamos rápidamente el perfil que tiene Celeste de acuerdo con su carta natal.

Ella puede ser percibida por los demás como alguien que es ambiciosa y cariñosa, con una personalidad magnética y un fuerte sentido de inteligencia emocional.

Su naturaleza ambiciosa, indicada por Saturno en la casa diez y Júpiter en la casa uno, la haría parecer motivada, orientada a objetivos y decidida. Otros pueden verla como alguien capaz, responsable y confiable, con una visión clara de su futuro y la disciplina para trabajar duro para lograr sus objetivos.

Al mismo tiempo, sus cualidades protectoras, resaltadas por la Luna, el Sol y Mercurio en la cuarta casa, la harían parecer cálida, afectuosa y empática. Puede ser percibida como alguien profundamente conectada con su familia y sus raíces, con un fuerte sentido de lealtad y dedicación hacia sus seres queridos. Otros pueden buscarla en busca de consuelo, apoyo y orientación, sabiendo que ella siempre está ahí para escuchar o ayudar.

Su personalidad magnética, indicada por Venus en la casa uno, la haría naturalmente atractiva y carismática. Otros pueden sentirse atraídos por su calidez, encanto y gracia y encontrar su compañía agradable y edificante. Es posible que tenga una manera de hacer que las personas se sientan valoradas y apreciadas, fomentando conexiones sólidas y relaciones duraderas dondequiera que vaya.

En general, probablemente sería percibida como alguien que encarna una combinación única de ambición, cariño y carisma. Su capacidad para equilibrar su impulso hacia el éxito con su compasión por los demás la haría destacar en cualquier entorno social o profesional, ganándose el respeto, la admiración y el afecto de quienes la rodean.

Por el momento de su vida que está transitando, estos son las principales características con las que se presenta.

De ahora en más, es cuando el ejercicio de su libre albedrío comienza a tomar preponderancia, y es cuando Celeste comenzará a recibir los resultados de sus acciones. Es un periodo por el cual todos los seres humanos pasamos y cada uno podrá recordar como actuó y si eso tuvo alguna consecuencia en el futuro.

LA UNIVERSIDAD

Celeste termina sus estudios superiores y está preparada para ir a la universidad. Durante los distintas pruebas de aptitud que tuvo, sumada a la información que su madre le compartió a través de los años, y considerando los avances científicos del momento, no fue sorpresa encontrar que su perfil daba para las carreras técnicas, más allá que ella eso ya lo sentía. Tuvo la invitación de un par de universidades a las cuales había aplicado y luego de conversarlo con su madre decide ir a la que estaba en otro estado.

Si bien Celeste estuvo siempre rodeada de familia y eso la llenaba, también tenía la necesidad de desplegar sus alas y partir del nido. Esto le creaba emociones encontradas. Había decidido ir a otro estado, con lo cual salía de la protección del grupo familiar, a un lugar donde iba a estar sola, más allá que la comunicación con la familia y amigos podía ser frecuente. También sabía que si lo necesitaba, estaba a una llamada para que acudieran en su ayuda.

Estas emociones que Celeste sentía tenían una explicación desde el punto de vista astrológico; ya comenzaba a sentir los efectos de la primera cuadratura de Urano y a esta le seguiría la segunda cuadratura de Saturno.

La primera cuadratura de Urano le afecta su economía por estar Urano natal en la casa 2. Hay gastos del departamento, movilidad y manutención para lo cual utiliza el dinero que había en la cuenta que su madre había abierto tiempo atrás para sus estudios, sumado a una beca que le ofreció la universidad.

Es un período de aumento de responsabilidad, que tendrá su clímax cuando Saturno tenga su retorno. Pero falta tiempo para eso, no nos adelantemos.

Había varias ramas en el área de la tecnología que le interesaban, pero como los 2 primeros años eran comunes a todas, decidió comenzar y más adelante definiría la carrera a graduarse.

Luego de fiestas y despedidas, lágrimas y bromas, Celeste partió en su nuevo rumbo. Es un momento muy importante en la vida de cualquier persona, y cuando hablábamos de libre albedrío, este es un buen ejemplo de cómo la vida de una persona puede tener un giro trascendental de acuerdo con las decisiones que toma.

Una vez ubicada en un pequeño departamento cerca de la universidad, Celeste se instala preparando su nuevo hogar con la calidez y cobijo bajo la que creció, y es algo que valora y es muy importante para ella. Le gustan las plantas, con lo cual es una de las primeras cosas que compró para decorar y ambientar el departamento que ya venía amueblado y con las cosas básicas para dos personas.

Como le quedan unos días para comenzar las clases, recorre el vecindario para familiarizarse con los negocios de alrededor y ver los cafés y lugares de comida.

Llega el día tan esperado y comienza su primera clase.

Celeste siente una combinación de emoción y nerviosismo al enfrentarse al nuevo entorno que solo conocía muy por arriba. Está emocionada por comenzar esta nueva etapa de su vida, pero también pensando en su adaptación a un nuevo lugar, conocer a nuevos compañeros de clase y aprender a navegar por el campus, que realmente le sorprende por las excelentes instalaciones que tiene.

Ya para la primera semana sentía como que hacía ya tiempo que estaba allí. Comienza a ordenar su rutina, sus horarios y los libros que necesitaba para cada clase.

Tiene largas conversaciones con su madre contando en detalle todo lo ocurrido. Su madre le da consejos y le cuenta sobre experiencias que ella pasó cuando estaba en su misma situación.

La madre de Celeste se siente plena, orgullosa de su hija que dio ese salto tan importante de independencia. Sentía haber logrado un objetivo en su vida y que todo lo que había trabajado para apoyar la educación de Celeste estaba dando sus frutos.

Un día le sigue al otro, Celeste comienza a conocer compañeros de clase, comen juntos, salen a tomar algo, de apoco va haciendo nuevos amigos.

Así transcurren los primeros semestres donde avanza en las distintas materias sin problema. Asiste a reuniones, a los partidos de futbol de la universidad, de a poco se integra y comienza a disfrutar de su nueva vida.

Mantenía la comunicación fluida con sus abuelos, su madre, su padre y los amigos que había dejado. Solo regresaba a su casa para las fiestas o vacaciones las cuales disfrutaba pero ya desde otra perspectiva. Poco a poco se iba despegando de su pasado el que iba quedando en recuerdos y anécdotas e integrándose más a esta nueva parte de su vida.

Para el segundo año ya había definido su carrera la cual era la de Informática con una aplicación a la robótica y prótesis inteligentes. Le atraían las nuevas tecnologías y veía la parte humanitaria en la aplicación de la robótica en gente que tenía que recuperar su movilidad y manejo para que pudieran volver a funcionar plenamente.

Aparte de leer los libros de clase, hacer sus trabajos prácticos y proyectos, con la mente curiosa que tenía, constantemente buscaba otros temas no relacionados al estudio y se cruzó con la astrología. Ya un tiempo atrás le había llamado la atención algunas cosas que había leído, pero como en ese momento había otros temas que le llamaron más la atención, la dejó de lado. En este momento le interesó conocer un poco más y fue agendando artículos y blogs para profundizar en el tema.

Hizo su carta natal en línea y leía sobre que le representaba cada planeta en su carta. Varias cosas que encontró interesantes le activaron más aun su curiosidad. Como puede ser que la carta natal diga esto sobre mí? No porque estuviera mal, sino porque había mucha similitud con cómo ella era.

En charlas con compañeros no encontró mucho eco de ellos sobre lo que había descubierto en la astrología, sino más que nada bromas sobre el signo de cada uno de los presentes, y por lo general el aspecto negativo del signo de cada uno para risa del grupo.

ALEX

En el corazón de una bulliciosa metrópolis vivía un niño llamado Alex. Creció en un departamento modesto con sus amorosos padres que trabajaron incansablemente para mantener a su familia. A pesar de los desafíos de la vida en la ciudad, Alex encontró consuelo y alegría en dos cosas: los deportes y los estudios.

Desde muy joven, Alex mostró un talento natural para el atletismo. Ya fueran partidos de fútbol en el parque o partidos de baloncesto en la cancha del vecindario, prosperaba en el espíritu competitivo de los deportes. Sin embargo, además de su pasión por la actividad física, Alex poseía una curiosidad insaciable por aprender. Se sumergió en libros, absorbiendo conocimientos como una esponja.

Mientras atravesaba los desafíos de la adolescencia y la edad adulta, Alex permaneció dedicado a su doble objetivo. Sobresaliendo tanto en lo académico como en los deportes, se encontró en un camino prometedor hacia una carrera en el área médica. Impulsado por el deseo de marcar una diferencia en el mundo y ayudar a los demás, todo lo relacionado a cuidados y atención a enfermos cumplía por completo con sus objetivos.

El esfuerzo que había puesto en los deportes le brindo sus frutos, ya que le ofrecieron una beca desde una universidad si pasaba a formar parte del equipo de baloncesto. Alex provenía de un hogar de clase media y el costo de la universidad era más de lo que podían pagar. Habían evaluado la posibilidad de sacar un préstamo para la carrera y la beca fue como un regalo del cielo para Alex y sus padres.

Fue durante sus años de universidad cuando la vida de Alex dio un giro inesperado. En los siempre transitados pasillos de la universidad, se cruzó con una chica que lo cambiaría todo. Su nombre era Celeste, y desde el momento en que Alex la vio, quedó cautivado por su inteligencia, su belleza y su contagioso sentido del humor.

Celeste no se parecía a nadie que Alex hubiera conocido antes. Ella lo desafió intelectualmente, involucrándolo en conversaciones estimulantes que despertaron su imaginación. Su risa era música para sus oídos, iluminando incluso los días más oscuros. Con cada momento que pasaba en su presencia, Alex se enamoraba cada vez más.

Su relación floreció en el contexto de sus exigentes estudios y sus vidas ocupadas. Se apoyaron mutuamente durante las largas horas de estudio y las presiones de los exámenes, encontrando consuelo y fuerza en los brazos del otro. Juntos, celebraron buenos resultados en los exámenes y superaron materias complicadas, y su vínculo se fortaleció cada día que pasaba.

A medida que se acercaba la graduación y su futuro asomaba en el horizonte, Alex y Celeste sabían que su amor era algo especial.

Se energizaban mutuamente y ellos veían un gran futuro junto a una vida llena de aventuras por delante. Sentían que estaban listos para embarcarse juntos en el siguiente capítulo de su viaje.

Para Alex, el niño que había crecido en la ciudad con el sueño de marcar la diferencia había encontrado su mayor aventura de todas en el amor de una chica que le había robado el corazón. Y juntos sabían que su amor sería la mayor aventura de todas.

Alex tenía su dormitorio en la universidad y no estaba lejos del departamento de Celeste. Eso hacia posible el compartir momentos juntos en el departamento.

A través de la universidad Celeste había logrado una pasantía en una empresa que estaba en la misma ciudad y no pasó mucho tiempo para que en la empresa notaran su capacidad y conocimientos, y le ofrecieran un puesto permanente, considerando que la prioridad era la universidad hasta graduarse. Eso le daba flexibilidad en los horarios de clases y exámenes.

Alex también hacia algunos trabajos de medio tiempo siempre relacionados a la parte médica, con lo cual ambos estaban bien ocupados entre la universidad y los trabajos.

El último semestre antes de la graduación fue bien activo para ambos. Entre la universidad y los trabajos que tenían, los días pasaban volando, hasta que llega el día tan esperado de la graduación.

La madre, el padre y la abuela de Celeste van a la graduación al igual que los padres de Alex.

Si bien todos estaban en conocimiento de la relación entre Celeste y Alex, cada familia mantuvo su celebración por separado.

Otra etapa cumplida para Celeste y otra que comienza.

UN NUEVO CAMINO

La familia de Celeste regresó después de la celebración, y la madre se quedó un par de días más. Hubo conversaciones entre ellas en cuanto al futuro de Celeste y se habló sobre el tema del trabajo. Celeste escuchaba los consejos de su madre ya que respetaba su conocimiento y sapiencia. Celeste se sentía bien en la empresa que trabajaba, tenía un trabajo en el cual podía aplicar parte de lo aprendido en la universidad, pero más que nada podía aprender mucho más sobre cosas que solo había escuchado durante sus estudios. El trabajo era como un postgrado, aprendía algo nuevo continuamente y eso le gustaba mucho.

La madre le había dicho, no es común que alguien se quede trabajando de por vida en su primer trabajo. Siempre mantiene la mente abierta ya que el mundo es más que eso, pueden surgir otras oportunidades que te brinden algo mejor. Si bien Celeste comprendía el mensaje, sentía que era el momento de quedarse donde estaba y no buscar otro empleo. Eso quería decir que se quedaría viviendo donde estaba. Eran dos horas de avión a su hogar natal. Podía ir los fines de semana puentes o en las vacaciones.

Alex había terminado su beca con lo cual regresó a la casa de sus padres por unos días, y volvería porque tenía algunas perspectivas de trabajo cerca de donde estaba la universidad.

Celeste regresa con su madre a la casa de sus abuelos para celebrar su cumpleaños número 24. Está ansiosa por compartir el momento con su familia y amigos. Aunque el viaje es de pocos días debido a sus responsabilidades laborales, la emoción de reencontrarse con su madre, abuelos y amigos la llena de alegría. La casa está decorada con globos y le habían encargado un hermoso pastel, decorado mitad de graduación y mitad cumpleaños. Entre risas y abrazos, Celeste disfruta de la compañía de sus seres queridos, reconfortándose y acaparando recuerdos inolvidables antes de regresar a retomar sus actividades en la empresa que trabajaba.

El día después del festejo habla con su madre respecto a su futuro y le dice que con Alex piensan irse a vivir juntos. Él tiene un par de trabajos en vista en el área médica cerca de la universidad, con lo cual tendrían todo lo básico para comenzar una convivencia en forma independiente.

La madre de Celeste le dice que siga lo que su corazón siente, pero que también piense cual quiere que sea su futuro. Celeste no piensa en casamiento, no es algo que se la pase por la cabeza.

Luego de pasar un corto período de disfrute con sus seres queridos, y pensando solo en el reencuentro con Alex, emprende el regreso.

Alex tenía llave del departamento y había llegado un par de días antes para asistir a las entrevistas de trabajo que le habían programado en un hospital y una clínica de la zona.

El reencuentro entre Celeste y Alex fue muy distinto a lo que había sido la relación hasta ese momento. Se querían mutuamente y el hecho de haber dejado atrás la universidad era como haberse sacado una coraza de encima. Se sentían más libres, distintos, energizados.

A la semana de las entrevistas, le llega la confirmación a Alex que le ofrecían un contrato en el hospital. Era solo la parte que faltaba para que ambos pudieran comenzar a pensar que iban a hacer con sus vidas, comenzando por buscar otro lugar más amplio para ir a vivir. El departamento estaba bien pero solo para la vida de estudiante.

En un par de meses ya habían firmado un contrato de alquiler de un departamento más amplio el cual también tenía gimnasio, piscina y zona de esparcimiento.

Ambos tenían buen gusto, les importaba la estética y les gustaba estar en un ambiente que sea acogedor y cálido. Fueron decorando su nido de amor en los ratos libres porque el trabajo de Alex y Celeste a veces requería horas adicionales de los horarios normales. Alex porque podía estar reemplazando a alguien que faltó o algún imprevisto, y Celeste porque tenía que recuperar tiempo perdido por alguna complicación técnica y ya tenía la fecha de entrega encima.

Así transcurren los meses, inmersos en sus actividades, buscando esparcimiento en los días libres y Celeste continuando con su lectura de astrología.

En determinado momento le dice a Alex de hacerle la carta natal, para ver que salía. Celeste había leído sobre la Sinastría, y necesitaba la carta natal de Alex para hacerla. Estaba curiosa en ver que les salía en cuanto a su relación de pareja.

Alex no le prestaba mucha atención a la astrología, pero como le interesaba a Celeste accedió. Le tuvo que preguntar a su madre por la hora de nacimiento porque él no la sabía.

Alex es del signo de Piscis con ascendente en Libra. Desde la perspectiva astrológica, la profesión que había elegido hacia mérito a su signo y ascendente.

Alex es una persona con empatía y sensibilidad: Piscis es un signo muy empático y compasivo, lo que se combina bien con la inclinación de Libra hacia la armonía y la paz. Tiene una gran capacidad para entender las emociones de los demás y para buscar la conciliación en situaciones conflictivas.

También puede ser idealista y romántico y hasta puede idealizar el amor y las relaciones.

Su creatividad y sensibilidad artística están exaltadas.

Su Sol trígono con Marte y sextil Plutón explica su inclinación para los deportes físicos, y estos planetas y aspectos ponen mucha energía a su disposición.

Alex queda sorprendido cuando Celeste le dice lo que le salió en la carta natal porque describía muy detalladamente aspectos de su persona.

Una vez que tiene la carta de Alex, Celeste hace la Sinastría comparando ambas cartas natales para ver que sale en cuanto a la relación energética entre ambos.

La vida sexual que ambos tenían no solo que era intensa sino muy gratificante. La relación de Marte y Venus entre ambos precisamente marcaba la energía que ambos compartían cuando hacían el amor.

En la sinastría les sale que el Plutón de Celeste hace cuadratura con el Venus de Alex. Eso por un lado explica la relación sexual que tienen y por otro lado, activa una energía que puede presentar problemas en un futuro.

Ese aspecto entre ambos da intensidad emocional y las emociones pueden llegar a ser profundas y complejas, lo que puede llevar a desenlazar en situaciones de gran pasión y magnetismo, pero también a enfrentamientos intensos. Plutón que se encuentra del lado de Celeste, puede significar el deseo de control y tomar el poder en la relación. Es un punto para tener en cuenta.

En resumen, una cuadratura entre Venus y Plutón en la sinastría puede indicar desafíos importantes, pero también la oportunidad de crecimiento y transformación profunda si ambos están dispuestos a enfrentar estos desafíos y trabajar juntos para superarlos.

Ya veremos que sucede con el tiempo.

HACIA EL RETORNO DE SATURNO

La vida transcurre para ambos dentro de lo normal y dentro de una rutina. No tenían hijos con lo cual el tiempo que no trabajan lo utilizaban para distintas actividades. El gimnasio, el cine, salir a comer, lectura, eran cosas que los mantenía activos y ocupaban el tiempo libre.

Alex había conseguido un ascenso en el trabajo del hospital y tenía algunos cambios de horarios requeridos por la nueva función, pero eso no incomodaba a Celeste ya que para ella era normal trabajar algunas horas adicionales durante la semana. Por lo general algunos de los proyectos que ella tenía a cargo necesitaba algo adicional a lo previamente programado.

Llega el cumpleaños 28 para Celeste y lo celebra con Alex y los amigos en un restaurant que era preferido de Celeste y quedaba cerca del departamento.

El restaurante estaba adornado con luces tenues y un ambiente acogedor, perfecto para esta ocasión especial. Celeste estaba radiante, celebrando sus 28 años y sentía una energía vibrante.

Sus amigos habían traído cotillón y le habían decorado la mesa con globos con el número 28.

Mientras disfrutaban de una deliciosa cena, la conversación giraba en torno a la astrología, un tema que había cautivado a Celeste y algunos de sus amigos también compartían. Entre bocados de comida deliciosa, intercambiaban historias sobre sus signos zodiacales, sus cartas natales y las predicciones para el próximo año.

Alguien mencionó el "retorno de Saturno", y los que sabían de astrología al unísono dijeron wow!

Astrológicamente es un momento significativo en la vida de una persona el cual ocurre entre los 28 y 30 años de edad, cuando Saturno vuelve a la misma posición que ocupaba en el momento del nacimiento.

Celeste que había leído al respecto, compartió con los presentes cómo había estado reflexionando sobre su vida y sus metas durante este período, sintiendo la presión y el impulso de crecimiento que Saturno simboliza.

Alex le sonrió con cariño, reconociendo el viaje que habían emprendido juntos durante tiempos dinámicos, cambiantes y de descubrimientos.

Los amigos levantaron sus copas en un brindis por el futuro prometedor de Celeste, lleno de nuevas experiencias y oportunidades.

Después de la cena, llegó el momento de los regalos. Celeste abrió cada uno con entusiasmo, agradeciendo a cada amigo por el pensamiento detrás de cada obsequio. Desde libros sobre astrología hasta joyas personalizadas, cada regalo reflejaba el amor y la amistad compartidos en esa mesa.

El momento culminante llegó con el pastel de cumpleaños, iluminado con velas parpadeantes. Todos cantaron "Feliz Cumpleaños" mientras Celeste soplaba las velas, deseando con todo su corazón que el año que comenzaba para ella fuera tan especial como la velada que estaba viviendo.

Al final de la noche, Celeste se despidió de sus amigos con abrazos cálidos y sonrisas brillantes agradeciendo de corazón el grato momento que le habían hecho pasar.

Salieron del restaurante, y tomados de la mano se fueron caminando con Alex al departamento hablando de las posibilidades que el próximo año, y el retorno de Saturno, les tenía reservado.

LOS CAMBIOS EN EL TRABAJO

Habían pasado un par de meses de su cumpleaños cuando Celeste llega a la oficina y su jefe la llama a su despacho. Algo había pasado, no era común el tipo de llamado formal que había recibido, cuando entre ellos había una comunicación fluida y transparente. Mas allá que Celeste sentía mucho respeto y admiración por su jefe, ya que él, no solo la había promovido de la pasantía a permanente, sino que la visión y manejo que tenia de la organización y el negocio eran brillantes.

El jefe cierra la puerta y le comienza a explicar la situación de la empresa. Si bien la empresa era sólida en cuanto a su estado financiero y muy bien posicionada en el mercado vertical que manejaba, era de capital privado y su crecimiento era limitado. Era difícil mantener la posición de mercado que tenían dada la fuerte competencia que había de nuevos emprendimientos y para mantenerse al día con la nueva tecnología.

Una empresa multinacional, una de las más grandes en tecnología, se había interesado en ellos y más allá que hacía meses que había negociaciones en secreto, ahora se estaba por concretar la compra con lo cual se podía mencionar.

Celeste quedó en silencio procesando esa información y no le salían palabras. Le pasaban por su cabeza miles de ideas, posibilidades, y sobre todo incertidumbre.

En ese momento recordó lo que le había dicho su madre cuando se había recibido, de que por lo general uno no se queda trabajando toda una vida en el misma empresa.

Ella pensó, predicción hecha realidad, cuánta razón tenía!

Lo primero que se le venía a la cabeza era que tenía que actualizar su currículum, al cual nunca le había prestado atención, más allá de actualizar su página de LinkedIn. Tenía que comenzar a buscar trabajo.

Celeste estaba sumida en todos esos pensamientos cuando su jefe continua con el relato.

Le dice que reconoce que esto puede ser un shock para ella, y se disculpa, diciéndole que no le podía decir nada anteriormente porque había tenido que firmar un documento de 'non-disclosure' cuando comenzaron las tratativas y le impedían hablar del tema ni siquiera con su familia. Había mucho dinero en juego porque la otra empresa cotizaba en bolsa.

Si jefe continúa diciéndole que el trabajo de ella no corría ningún peligro, más allá que en un 'merger' hay puestos de trabajo que con el tiempo se eliminan. No era el caso de Celeste. Ella había sido parte del análisis en la negociación y se le proponía hacerse cargo de una dirección de la corporación para manejar las oficinas que tenían en distintos países.

La nueva posición requería que Celeste viajara el 50% del tiempo, por lo menos en un principio, hasta familiarizarse con la organización, el negocio que manejaban, la gente que dependía de ella entre otros.

Ni Celeste, ni cualquier otra persona puede estar preparada para recibir toda esa información en una entrega, sin estar preparada y poder evaluarla como corresponde.

Las emociones encontradas por las que estaba pasado Celeste se podían comparar con lo que se siente en cualquier juego de vértigo de los parques de diversiones donde uno se mueve a gran velocidad, y no siempre con la cabeza hacia arriba.

Así es la vida de las corporaciones. De un día para el otro, todo puede cambiar. La madre de Celeste lo tenía bien claro.

El jefe de Celeste le dice que a partir de eso momento ella forma parte de un grupo reducido a cargo de la transición de la fusión entre las dos empresas, que más que fusión era la integración de la empresa donde ella trabajaba con la otra corporación.

Ese día fue como un antes y un después en la vida de Celeste. Si la ida a la universidad había sido un gran cambio para ella, lo que veía en el futuro próximo tenía mucho más impacto en su vida.

Tenía que hablarlo con Alex.

Celeste le agradece a su jefe las consideraciones y le dice que ella lo apoya en las decisiones que él tome, pero que necesita ordenar algunas de sus cosas. A lo que el jefe le responde que se estima que llevará unos seis meses organizar la integración, así que de ahora en más trabajará medio tiempo en los proyectos que estaba manejando hasta completarlos, no le asignarían nada nuevo, y el resto del tiempo era de planificación y ejecución, la cual ya tenía fecha límite.

Celeste llega al departamento y Alex ya estaba ahí. Es un día de semana pero como Alex había tenido que trabajar en el hospital el fin de semana tenía libre un par de días.

Celeste le relata lo acontecido. Hablan entre los dos sobre las posibilidades y oportunidades que tienen. Profesionalmente es una oportunidad única para Celeste, pero el tema de los viajes complica de alguna forma la rutina que tienen.

El retorno de Saturno en casa 10 de la profesión en oposición a su casa cuatro y los planetas natales que tiene en esa casa están marcando claramente la energía del momento.

En la casa 10, Saturno irradia su influencia hacia el ámbito profesional, incitando a Celeste a concentrar toda su energía en expandir su carrera al máximo. Dicho tránsito sugiere que las decisiones y acciones que tome ahora tienen un impacto significativo en el futuro de su profesión, especialmente durante su próximo retorno de Saturno entre los 56 y 58 años de edad.

La astrología, como guía, señala las energías del momento, pero es Celeste quien tiene el poder de decidir, ella tiene la última palabra. Puede optar por aceptar el nuevo trabajo y sumergirse en las oportunidades que se presentan, o elegir acompañar hasta la fusión de la empresa y mientras buscar otras alternativas laborales.

Algo importante a considerar es que si Celeste no toma las responsabilidades marcadas por la energía del momento, ella podría estar limitando sus posibilidades futuras.

Si no capitaliza las oportunidades actuales, es probable que le resulte más difícil encontrar nuevas oportunidades durante su próximo retorno de Saturno. Esta ventana de tiempo representa una oportunidad única para impulsar su carrera hacia nuevas alturas. Si no la aprovecha ahora, podría perder la oportunidad de cosechar los frutos de su conocimiento y experiencia más adelante.

En última instancia, Celeste debe sopesar cuidadosamente sus opciones y tomar una decisión que esté alineada con sus objetivos profesionales y personales a largo plazo. Si decide aceptar el desafío y trabajar en sincronía con las energías del momento, podría abrir las puertas a un futuro profesional brillante.

El tema es donde queda Alex en todo esto.

Celeste siempre priorizó su desarrollo profesional y pueda que por esa razón no pensaba en casamiento ni en hijos. Quería tener alguien a su lado, compartir lo que es un hogar, una compañía que la hacía sentir bien y una buena relación sexual. Todo eso hasta ahora había funcionado bien para ella. Pero como sería lo por venir? Como se podría sentir Alex ante un cambio tan grande?

Muchas preguntas sin responder. Era hora de comenzar a analizar punto por punto.

LA EXPERIENCIA EN LA CORPORACIÓN

Ya durante el periodo de transición Celeste pudo comprobar que la vida profesional que ella había llevado hasta ese momento, por más que estaba a cargo de un departamento, era ochenta por ciento técnica y veinte por ciento de directiva. Durante el periodo de trabajo en conjunto entre la compañía consultora que coordinaba la fusión y los participantes de la otra corporación se le presentó a Celeste un mundo completamente diferente a lo que ella conocía.

Por un lado los horarios de trabajo eran indefinidos. Las metas por cumplir estaban bien delimitadas y hasta que no se terminaba cada una y eran aprobadas, no se pasaba a la siguiente. Para cumplir con estos plazos no había horarios ni días no laborables. No solo la tarea era estresante para Celeste por la dinámica misma, sino que tenía que tratar con personas de las cuales no tenía ningún antecedente, más allá del título o responsabilidad que manifestaban.

Había puntos en los que acordaban, pero había otros que eran más difícil de digerir o aceptar. Pero como resultado, algo le había quedado claro a Celeste y era que la corporación que los compraba tenía la última palabra en todo.

Fueron meses de mucho estrés para Celeste, y poco a poco iba comprendiendo el alcance de todo lo que estaban trabajando y cuál era su participación en un futuro inmediato.

Si bien el panorama se le iba aclarando por el tema del trabajo en cuanto a su posición y con quienes iba a trabajar, el tema con Alex no pasaba lo mismo. Era un etapa de baja energía. Entre los horarios cambiantes que tenía Alex por su trabajo y la poca predictibilidad de los horarios de Celeste, comenzaron algunos problemas.

Cuando estaban juntos y querían tratar un tema más allá de lo diario del hogar, Celeste estaba cansada y quería relajarse, no quería pensar en nada. Ella veía que el control que antes tenía sobre las cosas lo estaba perdiendo y se estresaba.

La situación la estaba llevando a ella, y eso no le gustaba.

Notaba a Alex distante y se le hacía difícil encontrar el momento o la energía para acercarse a él. Su oposición de Saturno con la Luna no la ayudaba. Esa oposición le había activado la conjunción Luna, Sol y Mercurio natales.

Veía que le faltaba la energía que en otros momentos tenía, ni al gimnasio estaba yendo. Es un periodo donde ve el vaso medio vacío en lugar de medio lleno, veía el lado negativo de las cosas. La poca energía que tenía la dedicaba de lleno a su trabajo.

Trataba de consolarse y decía es solo un periodo, ya pasa y vuelve todo a la normalidad...

Termino la fusión y Celeste era la nueva directora para proyectos estratégicos a nivel global de la corporación.

Cuando se enteró de la noticia, su madre viajó a visitarla. Fue un encuentro muy emotivo. Si bien la madre de Celeste se había sentido orgullosa de su hija cuando se graduó en la universidad, esto no se podía comparar. La alegría la llenaba de una forma inexplicable. Sentía orgullo por su hija, por esa pequeña que se interesaba por los libros cuando apenas leía y preguntaba el porqué de todo, convertida en la mujer que tenía delante de ella. Era muy importante lo que Celeste había logrado en tan poco tiempo.

Pasan el fin de semana juntas, Alex trabajaba ese fin de semana. Salen a comer y de compras. Celeste necesitaba un nuevo guardarropa para su nueva posición, sus viajes y las presentaciones que tenía que hacer en varios países.

No era que Celeste no tuviera su estética o cuidado personal normalmente, sino que tenia que vestir y presentarse de acuerdo con el cargo que tenía en la corporación. Donde ella llegara la estaba representado. Quería comenzar dando la mejor impresión posible.

No dejaron negocio por recorrer y regresaron con tantos paquetes que les dio trabajo meterlos todos en el auto.

Le habían asignado una oficina en un edificio no lejos de donde estaba la anterior empresa, así que decidió llevar unas plantas y cuadros para decorar su nueva oficina. Quería sentirse a gusto en el nuevo lugar, le tenía que poner su impronta.

Celeste tiene asignada una asistente personal que le ayudaba con la planificación de los viajes, las video conferencias y las distintas actividades administrativas de su nueva dirección. Debía participar de exposiciones y seminarios en distintos lugares, y en algunos tenía que ser la expositora de los productos o proyectos que la compañía llevaba adelante.

Ya tenía programado los viajes para hacer el primer recorrido por las oficinas el cual le demandaría dos semanas afuera. Viendo los horarios de los vuelos, no tenía sentido volver el fin de semana a la casa porque bajaría del avión y en unas horas tendría que estar saliendo nuevamente para el aeropuerto.

Va con Alex a cenar al restaurant donde había pasado su cumpleaños número 28 y hablan sobre los planes de viajes y le comenta las tareas que tiene que hacer las próximas dos semanas.

Celeste le dice que esto lo tiene que hacer hasta armar la coordinación y planificación de tareas con las oficinas a su cargo. Después de esta etapa, podría manejar las cosas desde su oficina usando las video conferencia cuando fuera posible en lugar de viajar.

Alex de acuerdo con su carta natal, era una persona que evitaba la confrontación o trataba de arreglar las cosas sin discutir. Negociador nato y predispuesto a colaborar siempre. Pero en este caso, sin presentar ninguna queja a Celeste, Alex la sentía distante, muy mecánica, muy estructurada.

Posiblemente Celeste siempre fue así, pero ahora era como que lo notaba más.

Regresan al departamento y hacen el amor. Celeste bien dominante de la situación, como queriendo marcar algo.

Celeste por ser del signo de Virgo y Alex de Piscis, más allá que el resto de la sinastría, brindan aspectos complementarios interesantes por las diferencias naturales entre ellos. Virgo tiende a ser práctico, analítico y enfocado en los detalles, mientras que Piscis es más intuitivo, imaginativo y emocional. Esto les crea una dinámica interesante, donde Virgo aporta estabilidad y orden, mientras que Piscis añade profundidad emocional y creatividad.

Dado que en la sinastría el Plutón de Celeste se encuentra en cuadratura con el Venus de Alex, esto agrega una capa adicional de intensidad y transformación a la relación. La cuadratura es un aspecto tenso que puede indicar desafíos o tensiones en la dinámica amorosa. Plutón representa la profundidad, la intensidad y la transformación, mientras que Venus rige el amor, la armonía y los valores.

La atracción magnética intensa que existe entre ellos también puede significar conflictos o tensiones emocionales debido a diferencias en sus valores o enfoques hacia el amor y las relaciones.

En esta noche en particular, dada las circunstancias de lo que estaba pasando y lo conversado durante la cena, Alex siente la intensidad dominante de Celeste cuando hacen el amor, y es como que por primera vez se siente indefenso o hasta usado. Sintió como que esto fue una liberación final de energía. Algo cambió, o puede ser algo que él recién se da cuenta.

LAS OTRAS OFICINAS

Celeste parte en esta nueva aventura y se sentía preparada para un nuevo examen. Solo pensaba sobre lo que podía encontrar y trataba de no anticipar nada, no tener ningún preconcepto, solo dejarse fluir y ver para donde la situación la llevaba.

Ella ya se había familiarizado con el perfil de cada gerente de oficina, y en líneas generales en lo que trabajaba cada uno. Ese era un buen comienzo.

Sus reuniones en las oficinas salen de acuerdo con el plan. Celeste presentó lo que se llama el 'blue-print' de los objetivos que tenían, que le correspondía hacer a cada una y dejó armados los equipos de trabajo. Fui muy bien recibida y atendida en cada oficina. La llevaron a comer a los mejores restaurantes, e inclusive si le daba el tiempo libre la llevaron a recorrer algún lugar particular de la zona o atracción turística.

Era una sensación nueva para ella, recibir tantas atenciones. Si bien su trato era natural igual de cómo era antes, recién comienza a darse cuenta de la posición que estaba ocupando. Las atenciones no eran personales ya que no la conocían, eran referente a su cargo en la empresa.

Ella se propuso en ese momento en hacer todo lo posible para entablar una comunicación personal con los responsables de cada oficina, más allá de su título. Le gustaba trabajar en equipo.

Hablaba periódicamente con Alex, más allá que cuando tenía un momento Celeste le enviaba fotos y comentarios de los lugares donde estaba.

Celeste regresa a casa después de dos intensas semanas, y retoma el trabajo en su oficina. Su asistente ya le tenía preparado el itinerario para las próximas dos semanas.

Al regreso del viaje, la situación con Alex se parecía más a la época de la universidad que a la de meses atrás. Entre los horarios y días laborables, la rutina entre ambos era errática. Era amable, pero diferente.

Pueda que Celeste no se hubiera dado cuenta en ese momento lo que está pasando, pero un factor potencial de conflicto se podría dar por la tensión entre su naturaleza ambiciosa y sus cualidades protectoras. Equilibrar sus aspiraciones profesionales con su compromiso con su vida hogareña es sin lugar a duda un desafío.

Surgen conflictos y desacuerdos con Alex sobre las prioridades y la gestión del tiempo. Alex se siente abandonado o eclipsado por las actividades profesionales de Celeste creando una energía negativa en la relación.

El Saturno de Celeste se encuentra activo a máxima capacidad, pero no es solo eso. Recordemos que la astrología es una parte, la otra son las experiencias de vida que se tuvieron con anterioridad.

Para Celeste el haber pasado por el divorcio de sus padres a una temprana edad, junto con la fuerte voluntad y la mentalidad triunfadora de su madre, influyen profundamente en el enfoque de la vida, las relaciones y el desarrollo personal.

Habiendo sido testigo de primera mano de la resiliencia y determinación de su madre, Celeste probablemente toma algunos de sus rasgos y encarnaría un espíritu de lucha similar en su propia vida. Celeste desde muy joven aprendió la importancia de la perseverancia, la autosuficiencia y la superación de la adversidad, mientras su madre afrontaba los desafíos de la paternidad soltera y perseguía sus propias metas y aspiraciones.

LA SEPARACIÓN CON ALEX

Pasaron meses donde la rutina de Celeste siguió siendo la misma, entre oficina y viajes los proyectos avanzaban y ella se iba afirmando en su posición. Si bien en la corporación la habían aceptado para el cargo por las excelentes referencias que su antiguo jefe había dado, su nuevo jefe que era uno de los vicepresidentes de la corporación, la había estado observando. La definió con sus pares como extremadamente inteligente, conocedora de los temas a su cargo, diligente y de excelente trato y manejo del personal. Sabia como maximizar el potencial de cada empleado apoyándolo en el desarrollo personal para beneficio propio y de la empresa.

No es fácil tener ese tipo de valorización en una empresa multinacional.

Celeste intercambiaba cada tanto mensajes con su anterior jefe. Ella lo apreciaba mucho. Él había tomado otro rumbo, se había ido por propia decisión cuando terminó la fusión, con un muy buen paquete que le valía su retiro y lo dejaba libre para pasar la mayor parte del tiempo pescando, la cual era su afición, deporte y placer.

Si bien a nivel profesional la trayectoria de Celeste iba en camino ascendente, con Alex el deterioro de la relación había llegado a su punto máximo.

Como pasa en este tipo de situaciones, cuando alguien deja algún lugar vacío, otra persona o algo lo llenará eventualmente.

El trabajo en un hospital por momentos puede ser muy intenso. Se trabaja con la vida de personas, y no solo con la vida de los pacientes sino también con los dramas familiares que producen los desenlaces fatales de los son atendidos. Es muy raro ver reír a las personas en un hospital, ya sean los que llegan a atenderse como los empleados.

Por momentos los médicos, los enfermeros hacen bromas con los pacientes solo buscando levantarles el ánimo o darles fuerza para seguir adelante. Más que nada generar buena energía.

Es un trabajo muy desgastante tanto desde el punto de vista mental como físico. No es un trabajo para cualquier persona. Alex lo manejaba bien, más allá que algunas situaciones lo sobre pasaban.

Así es que un día siente la necesidad de darle apoyo una mujer que había perdido a su madre. Si bien no era mucho lo que se podía hacer, la situación, el momento, lo lleva a Alex a consolar a esta mujer, que tendría la misma edad que él o un poco mayor.

Como estaba con su tiempo para el almuerzo Alex la invita a tomar un café a la cafetería del hospital y para ver si la podía reanimar. Ella esperaba unos certificados que le tenían que dar por el fallecimiento de su madre y tenía que esperar una hora para que se los entregaran.

Conversando con esta mujer ella le comenta que había perdido hace seis meses a su esposo en un accidente de tránsito. Tenían un par de años de casado y no tenían hijos.

Ahora había ocurrido la perdida de la madre y realmente se encontraba sola, no tenía ningún familiar cerca de ella. Había tíos y primos pero vivían en otro estado.

Sin conocer la carta natal de esta mujer, sin lugar a duda su casa 8, Plutón y Saturno tenían su influencia en lo que le estaba pasando en estos meses.

Durante la conversación algo pasa entre ambos, la mujer se siente muy reconfortada por la presencia de Alex y él se siente muy a gusto con ella más allá de la situación.

Entra la conversación y el café pasa una hora y Alex tiene que regresar a trabajar. Ella le agradece su tiempo y predisposición y le da sus datos para mantenerse en contacto.

Pasaron un par de meses de ese encuentro y Alex que estaba solo en el departamento, piensa en esta mujer. Recuerda que tiene el número de teléfono y la llama para ver cómo estaba.

La encuentra bastante mejor, recuperada y contenta porque la había llamado. Le dice que nunca se va a olvidar el apoyo que le brindó en un momento tan duro. En agradecimiento y sin compromiso alguno, le deja la invitación abierta para ir a comer a un restaurante italiano que ella conocía.

Alex duda, no sabe que responder, pero como era una gentileza por lo que había pasado, acepta. Quedaron hablando por teléfono como media hora.

Ese fue el comienzo del fin de la relación entre Alex y Celeste.

Un par de meses después de esa cena, Alex habla con Celeste y le hace un resumen de lo que pasó entre ellos, de cómo él se siente y le comenta del encuentro con esta mujer.

Le dice que ella lo hace sentir bien, lo hace sentir acompañado y que no ve la razón por la cual ellos tienen que seguir juntos.

Celeste no despliega ninguna emoción, lo escucha y lo comprende. Por su cabeza pasaron miles de pensamientos y se preguntaba que tenían en común en ese momento?

La primera respuesta que le vino a su mente fue, solo el compartir los gastos mutuos.

Ella estaba abocada a su trabajo y profesión y en ese momento, sentía que eso era más que suficiente.

Sin dramatizar la situación y sin hacer ningún tipo de problemas, acuerdan que hacer con el departamento y las cosas que tenían en común y sellan el fin de la relación.

Les quedaba un par de meses en el contrato de alquiler, con lo cual Celeste seguiría en el departamento y le daba tiempo para buscar otro para ella.

Se cerraba una etapa y mejor comenzar una nueva en otro lugar.

LA OPOSICIÓN DE URANO

La oposición de Urano marca un punto crítico en la vida de cualquier individuo, generalmente se da entre los 40 y 43 años, dado que el periodo cronológico depende de la posición retrógrada de Urano en el momento del nacimiento y del momento exacto de la oposición. Este período, a menudo conocido como la "crisis de los cuarenta", señala el fin de la primera parte y el inicio de la segunda mitad de la vida.

Desde una perspectiva astrológica, este período representa un momento de transición en el que la persona ya no se considera joven pero aún no se siente completamente vieja. Es un tiempo de reflexión profunda sobre el camino recorrido y de evaluación de los logros y desafíos experimentados hasta ese punto.

Se debería utilizar para capitalizar el conocimiento adquirido, para poder tomar decisiones más sabias y significativas en el futuro.

A nivel físico, es natural que comiencen a manifestarse signos de envejecimiento, lo que puede generar preocupaciones estéticas y el deseo de mantener una apariencia más juvenil. Sin embargo, enfocarse exclusivamente en la apariencia física durante este período, no aprovecharía plenamente la oportunidad de crecimiento personal y espiritual que ofrece la oposición de Urano.

En el caso de nuestra protagonista, cuya carta natal muestra a Urano en la casa dos, asociada con los ingresos, la oposición de Urano desde la casa ocho, que trata sobre los bienes compartidos y las ganancias adicionales, le desencadena una crisis financiera.

Celeste y Alex, siempre habían mantenido sus finanzas separadas, solo compartían las responsabilidades financieras comunes. Celeste, con un salario más alto que el de Alex, había invertido una parte considerable de sus ingresos en la bolsa de valores.

Desafortunadamente, durante el período de la oposición de Urano, una crisis económica mundial que también afecta al país, le impacta negativamente el valor de las inversiones de Celeste. A pesar de no haber comprado una casa aún, Celeste tenía planes de hacerlo en el futuro. La pérdida en el mercado de valores cambia considerablemente sus planes a futuro y contribuye al momento de crisis que experimenta en este momento crucial de su vida.

En resumen, la oposición de Urano le abre a Celeste un período de desafío y transformación, donde se enfrenta a cuestiones profundas relacionadas con su identidad, la edad y las finanzas.

EL ENCUENTRO CON UN EXTRAÑO

Un café tradicional, situado en los suburbios de la ciudad, se erige como un refugio acogedor y encantador para aquellos que buscan un respiro de la rutina diaria. Construido desde lo que quedaba de una casa antigua, el negocio ha florecido con el tiempo, expandiéndose y transformando cada rincón de esta en un santuario para los amantes del café y los dulces.

Al entrar lo primero que uno percibe la madera que domina el lugar, que abraza el espacio con su encanto rústico y hogareño. El aroma del café recién hecho y los dulces recién horneados llena el aire, tentando a los sentidos para incursionar en la experiencia y el deleite.

El mobiliario, cuidadosamente seleccionado, combina lo vintage con lo contemporáneo, creando una atmósfera acogedora. Las sillas y sillones de madera desgastada invitan a relajarse y sumergirse en la experiencia, mientras que las mesas de madera maciza ofrecen un refugio para las conversaciones animadas y los momentos de tranquilidad.

Las paredes están adornadas con arte decorativo, una mezcla de cuadros de artistas desconocidos y obras vintage que añaden carácter y personalidad al espacio. La iluminación tenue, a través de lámparas colgantes de hierro forjado y lámparas de pie, crea un ambiente íntimo y acogedor que invita a quedarse un poco más.

En cada rincón, hay pequeños detalles que revelan el cuidado y la atención al detalle que se ha dedicado al diseño del lugar.

Celeste habida de la lectura desde pequeña, estaba leyendo en una mesa alejada de la puerta de entrada. Le gustaba estar ahí porque le daba un ambiente distinto al del hogar y la ambientaba como si estuviera en una biblioteca o librería, más allá que el aroma al café tostado la estimulaba. El lugar era acogedor y por alguna razón que todavía no comprendía, ese lugar la hacía sentir bien, distinta, en harmonía. Se sentía trasportada a otro lugar.

Estaba inmersa en la lectura de un libro de astrología que se llamaba *La Astrología en el Siglo XXI*. Lo que más le llamaba la atención era que el libro si bien hablaba de astrología, relacionaba a la misma con las energías, las frecuencias, donde los planetas y sus ciclos se veían reflejados.

Una sección hablaba de las prótesis y la inteligencia artificial, cosa que le llamó mucho la atención. No se le había pasado por la mente relacionar a la astrología con esos temas, pero algo le decía que había encontrado algo que le serviría tanto para su desarrollo personal como profesional.

Celeste estaba sumida en su lectura cuando alguien que estaba sentado en una mesa al lado le habla y le pregunta, vi que estabas leyendo sobre astrología, que piensas de la misma?

Celeste levanta la vista y se encuentra ante un hombre que estaría en los 50 años, buena presencia, elegante con vestimenta informal pero impecable. Su cabello, entre cano y plateado, le otorga una distinción que se mezcla armoniosamente con su apariencia. Sus facciones marcadas por una mandíbula firme y unos ojos expresivos revelan una abundante historia de experiencias vividas.

De constitución delgada y porte erguido, transmite una sensación de confianza y amabilidad. Su sonrisa, cálida y acogedora, ilumina su rostro y contagia un aura de simpatía a su alrededor. Los surcos que marcan su rostro cuentan historias de risas compartidas y preocupaciones superadas, mientras que sus ojos, ligeramente arrugados por la edad, reflejan una sabiduría tranquila y una gentileza innata.

Celeste se vio sorprendida por la pregunta, pero luego de un instante le responde, 'la verdad que es un tema apasionante y enigmático, principalmente por lo antigua que es y por lo que estoy leyendo, lo vigente que se mantiene ante el momento tecnológico que vivimos'.

Esta persona le comenta que es astrólogo, que desde hace muchos años ha estudiado la astrología y la sigue estudiando, ya que surgen constantemente cosas nuevas para las que se puede aplicar.

Le comenta sobre el problema financiero que está ocurriendo en el mundo y la visión desde el punto de vista astrológico.

Plutón que transita el signo de Capricornio es un detonante. La vez anterior que esto ocurrió fue hace 240 años. Viendo la historia y lo que pasó en ese momento, nos puede dar una idea.

Ese paso anterior de Plutón por Capricornio fue el comienzo de un proceso de cambio de estructuras, liberando a las colonias en América de los reinados europeos. En ese periodo se comienza a hablar de los 'derechos del hombre', bajo la consigna 'libertad, igualdad y fraternidad'. Comenzó un cambio que hasta hoy perdura en el mundo occidental.

Se les dio forma a los países, se elaboraron las nuevas constituciones y el avance de la democracia como sistema de gobierno.

Comenzó un cambio que llevó tiempo concretar y que llegó hasta nuestros días. Es probable que mucha gente no tenga presente cuando comenzó el proceso para crear la estructura bajo la cual hoy vivimos.

Esta nueva etapa que estamos transitando nos llevará a otro cambio profundo de las cosas, como lo fue la vez anterior del pasaje de Plutón por Capricornio.

Celeste en ese momento entra como en otra dimensión y está escuchando con todos sus sentidos, atrapada por el relato. Se encuentra en un estado de hipnosis.

El continúa con su relato, Capricornio, el cual lo rige el planeta Saturno, se refiere a las estructuras, a la organización. Hablamos desde estructuras del cuerpo humano como es el sistema esquelético, pasando por la estructura familiar hasta llegar a los gobiernos y organizaciones mundiales.

Te imaginas lo que eso significa? Un cambio que nos lleva a un nuevo modo de vida. Ese cambio llevará un par de generaciones para concretarse pero ya comenzó. Si prestas atención los niños que están naciendo y los que van a nacer durante estos años, son los que van a promover el cambio.

Los que podrían quedar descolocados serán los padres de estos niños, porque no son ellos los que van generando el cambio, sino sus hijos.

Los padres de estos niños crecieron sin internet y sin teléfonos celulares, pero los han adoptado como verdad y como única manera de funcionamiento y relación con el mundo exterior. Los niños si bien toman la tecnología como algo normal, van a utilizarla para producir el cambio de paradigma. Van a ser diferentes que sus padres que son solamente usuarios de la tecnología.

La crisis financiera que estamos viviendo, lleva a la caída de estas estructuras poque simplemente ya quedaron obsoletas. Que la bolsa de valores sea manejada por la inteligencia artificial nos está dando una idea que el hombre le está dejando el análisis de la vida financiera a una computadora, lo cual puede dar resultados en el corto plazo y generar ganancias, pero no es algo que puede perdurar en el tiempo.

Existe un techo para las ganancias y eso lo marcan los ciclos. Los siete años de las vacas flacas y los siete años de las vacas gordas, como lo menciona la biblia y otros libros antiguos. Estas metáforas solo indican que la vida transcurre a través de ciclos. Ningún ciclo es para siempre. Todo nace, se desarrolla y muere.

El dialogo entre ambos se extendió como una hora, con Celeste haciendo algunas preguntas y el extraño contestando o haciendo comentarios, siempre dando ejemplos o relacionando el relato con algo que se conoce. Mentalmente Celeste iba analizando que parte de todo eso le tocaba de alguna manera.

Y así como apareció, este personaje se despidió amablemente de Celeste y salió del café, dejándole mucha información que le sería útil para su futuro.

Nunca más lo volvió a ver.

Como son las cosas, no se le ocurrió a Celeste preguntarle si tenía redes sociales o alguna otra forma de contactarlo.

Celeste se quedó pensando lo que había sucedido, intuía algo pero no lo podía explicar, pero esta interacción inesperada tuvo un efecto en ella y la impulsó a profundizar en el tema.

Ese encuentro tuvo algo mágico.

Quien era esta persona? De donde llegó? Sin lugar a duda tenía un propósito para la vida de Celeste.

LA SEGUNDA MITAD DE LA VIDA

Pasan los meses entre proyectos que se finalizaban, nuevos que tomaban vida. Era una rutina que tenía su interesante dinámica.

Comienza un periodo de reflexión para Celeste, mirando hacia atrás, especialmente los últimos años. Por momento se le ocurría que algunos conceptos que había manejado con respecto a la vida no eran tal. Se replanteaba su relación con Alex, pasaban por mente como fotos de los buenos momentos vividos, el desarrollo profesional que ella había tenido y mantenía, la familia, su madre...

Era un periodo de confusión. Se preguntaba, está bien lo que estoy haciendo? Está bien el camino que llevo?

Estaba sola, más allá que había conocido un par de personas con las cuales había intimado, había hecho algunas escapadas de minivacaciones, pero nada que permaneciera en el tiempo. Uno de ellos, que se llamaba Rodrigo, mostraba más interés en ella, y a pesar de proponerle a Celeste verse más frecuentemente, ella mantenía su distancia de eso.

Rodrigo tenía su negocio de importación y exportación, estaba en muy buena posición económica al igual que Celeste, y era divorciado. Rodrigo por su trabajo viajaba constantemente lo cual también le permitía a Celeste la libertad que no tenía que responder a invitaciones de cenas y salidas todos los fines de semana.

Por lo general se encontraban cuando coincidía que no estaban de viaje.

Celeste continuaba viajando a las oficinas y si bien no tan seguido como era en un principio, había logrado consolidar un grupo de trabajo que daba sus resultados.

Celeste había sido ascendida a Directora Senior y tenía una posición y reputación dentro de la empresa que ya algunos le pronosticaban primero la vicepresidencia del división que manejaba o algo más que eso.

Había desarrollado al máximo sus potenciales, pero, siempre hay algún pero, ella no había trabajado en sus limitaciones. Estas estaban bien marcadas en su carta natal.

Celeste había profundizado en el tema de la astrología, había hecho un taller en línea que le había provisto información base para investigar y desarrollar.

Si bien no había hecho un curso programado de astrología, con lo que leía, investigaba y demás estaba a nivel experta en el tema.

Era un momento de la vida donde tenía que parar y analizar en profundidad, como había llegado a la situación donde se encontraba y que opciones tenía para su futuro.

Decidió tomarse unos días de vacaciones. Solo había salido fines de semana largos con algunos días adicionales cuando hacía algunas escapadas con Rodrigo a las islas del Caribe que era lo que más le gustaba.

Le pidió a su asistente que le buscara un hotel resort sobre el océano pacifico en México ya que se quería tomarse una semana de vacaciones. Quería un lugar tranquilo y que tuviera actividades de esparcimiento.

De las posibilidades que le presentó su asistente, Celeste le pareció mejor la propuesta de Ixtapa. Nunca había estado en ese lugar el cual le brindaba la posibilidad de algo nuevo mientras descansaba.

En realidad el propósito de Celeste era ir a un lugar y procesar toda la información astrológica que tenía sobre ella y ver si eso la ayudaba a organizar por lo menos su futuro inmediato. Había cosas que sabia las había hecho bien y otras que mucho no la convencían.

Llega al resort en Ixtapa y en realidad la belleza del lugar era superior a los videos y fotos que había visto. Ese lugar tenía una energía diferente, energizante.

Al entrar al amplio lobby ya se podía apreciar la excelencia del lugar. Amplias ventanas donde entra la luz natural, con espacios diseñados con exquisita atención al detalle. Los tonos cálidos y los toques de madera fina se combinan con elementos de diseño contemporáneo. Una fuente central adornada con flores tropicales produce el suave sonido del agua corriendo. El mobiliario distribuido asimétricamente por el lobby es cómodo y lujoso.

Hay boutiques de lujo que ofrecen productos artesanales locales, así como salones elegantes que componen el restaurant y el bar principal con una vista impresionante del océano Pacífico.

Celeste sonríe y piensa, justo lo que necesito!

La acompañan a la suite que había reservado, le muestran todos los amenities que tiene a su disposición y la dejan deseándole una excelente estadía.

Celeste abre la puerta balcón que tiene vistas al mar donde se despliega un panorama de una gran belleza. Al frente, el vasto océano Pacífico se extiende hasta donde alcanza la vista, con sus aguas azules y turquesas que se funden con el horizonte en un espectáculo de serenidad y belleza.

Se pueden ver veleros y yates cerca del puerto a su izquierda, la extensión de la playa de arena blanca, bordeada por palmeras y las sombrillas de colores brillantes que parecen de decoración a la distancia. La isla enfrente al resort es lo único que interrumpe la línea del horizonte del mar.

En ese momento sintió una sensación de placer, de armonía, de paz que hacía tiempo no experimentaba. Comprendía que estaba haciendo lo que tenía que hacer, era el momento adecuado y en el lugar apropiado. Los astros la acompañaban.

Un buen tránsito de Júpiter con su Júpiter y su Venus natales generaba esa energía. Hasta se podría dar que conociera a alguien o que su vida sentimental tuviera un cambio...

La energía de los planetas en cuestión daba para que eso sucediera.

Pero el propósito de Celeste era llegar a fondo en el análisis de su carta natal, los tránsitos, su vida y ver si podía sacar alguna conclusión sobre los cambios que debería hacer. Algo tenía que cambiar.

Se recordaba la frase que algunos la acreditan a Albert Einstein que dice, 'demencia es hacer siempre lo mismo y esperar distinto resultado'. Mas allá del origen de dicha frase, era verdad. Algo le decía a Celeste que había que cambiar algunas cosas, el tema era descubrir cuáles eran.

Las cosas positivas en la vida de Celeste estaban muy bien marcadas en su carta natal y su camino de vida hasta el presente demostraba a las claras que ella había tomado acción sobre ellas y ahora disfrutaba de sus resultados.

De las cosas negativas, si las podemos llamar así, el tema de la perdida de dinero en la bolsa de valores le quedaba bien claro y ya sabía cómo encararlo en un futuro.

Pero había algo más que le ocupaba la mente. Mientras estaba con los temas de su trabajo, que le demandaban buena parte de su tiempo diario ya que las oficinas que estaban a su cargo se encontraban en distintos usos horarios, ella funcionaba a pleno. Pero cuando había silencio, paz, algo le faltaba.

En su laptop tenía un programa de astrología y en su teléfono había instalado un app de una conocida astróloga llamada Jimena. Esta app manejaba los datos de la carta natal y hacia proyecciones sobre los próximos tránsitos y daba sugerencias de cómo llevarlos delante de acuerdo al impacto que tenían. El usuario tenía que contestar determinadas preguntas que el programa hacia y dependiendo de las respuestas, con todos los datos que tenia de la persona, le decía los puntos débiles, los fuertes y los por definir. Con el tiempo el programa le iba diciendo que cosas tenía que mejorar, cosas que estaban bien y bajaron de nivel y demás información con el propósito de que la persona pudiera ir monitoreando periódicamente su desarrollo.

En las cosas personales como en la vida, de nada sirve ser excelente en un tema y ser deficiente en los demás. Se debe buscar siempre el equilibrio, cosa que no es fácil.

Celeste encuentra que entre su carta natal, tránsitos y respuestas al cuestionario, su deficiencia se encontraba con temas de su casa cuatro, el hogar.

El hogar no es solo la casa habitación, los muebles o el confort que se pueda tener, el hogar es el conjunto de energías que existen producidas por lo componentes físicos y humanos que se generan por la convivencia. Cada una de las partes genera energía, las cuales se suman o se condicionan entre sí.

El Saturno natal de Celeste es un activador de energía a nivel social que bien utilizado, garantiza éxito en la profesión y un buen estatus social. Muestra a los demás que es alguien con una solidez y estructura que le permite asumir grandes responsabilidades. Tiene todas las herramientas natas para asumirlas.

El problema con un Saturno en casa diez que toma preponderancia sobre el resto de las cosas, es que puede tener como consecuencia la falta de atención al hogar, el cual se representa con la casa opuesta en la carta natal, la casa cuatro.

También le hace cuadratura con su casa siete del matrimonio, pero como no tiene ningún planeta natal, solo le afectarían los tránsitos sobre esa casa.

Celeste, tiene en la casa cuatro a la Luna, el Sol y Mercurio. Ella necesita la vida hogareña, necesita a la familia, ese aspecto es parte natal de ella. Por las elecciones y decisiones que Celeste tomó anteriormente, ese es un aspecto que ha quedado de lado.

Con Alex nunca estuvo presente la posibilidad de formar una familia. Se sentían bien y esa relación podría haber funcionado para cualquier otra pareja, pero no para ellos dos.

La familia de Alex nunca fue integrada con la familia de Celeste, al igual que la de ella con la de Alex. Esto puede no sea necesario, ni condicionante para cualquier otra persona, pero para Celeste si lo fue, porque su ADN lo requería. Sin darse cuenta se enfocó en la profesión solamente y dejó ese aspecto de lado.

No había ya ni tiempo, ni se daban las condiciones para tener hijos. Sin decendencia, que familia le podía quedar cuando los abuelos y los padres de Celeste ya no estén? Sin embargo su ADN, su carta natal lo requería.

Es bueno aclarar, para aquellos que solo son curiosos de la astrología, que información tiene la carta natal de una persona. Mas allá del signo zodiacal el cual determina que una persona es de tal o cual signo, esta es solo una característica dentro de un rompecabezas más grande que se debe analizar en su conjunto.

Si se conocieran las características natales identificadas en capacidades y restricciones, a la persona se le haría más fácil ver en que tiene que enfocar su desarrollo. Las restricciones natales son de suma importancia ya que estas tendrán su peso en la vida adulta del individuo. La crisis de los cuarenta las pone en evidencia.

Si uno enfoca su vida solamente en la carrera profesional o negocio y deja de lado el resto de las áreas que hacen el todo de una persona (familia, hijos, salud, desarrollo personal físico y mental), en algún momento se produce la crisis.

Las crisis hay que verlas como la posibilidad de cambiar las cosas, si hay una crisis se debe analizar como uno llego a esa situación. No culpar a los demás, sino ver que decisiones uno fue tomando para llegar a ese punto. Sea el aspecto personal que sea.

Celeste comienza a comprender su situación. Entiende que en la vida se dan los momentos para cada cosa. Se encuentra por la mitad de los cuarenta años con lo cual, ni pensar en hijos. Pero con respecto al hogar que se puede hacer? Ella siente que lo necesita, le falta algo, no está completa sin eso.

Como dicen, todo tiene arreglo mientras haya vida. El tema es encontrar como.

Celeste tenía muy presente la conversación que había tenido con el astrólogo en el café. El cambio que venía a nivel global impactaba a todos, y podía inclusive tener un efecto en su trabajo. Las empresas relacionadas a la tecnología, que era el mercado en el que ella estaba, habían sido las menos afectadas por el problema financiero, pero nadie podría asegurar que en un futuro eso fuera distinto. Tenía que pensar en ella, en su futuro.

Mirando hacia atrás, nunca había sido una prioridad el comprar una propiedad, porque no quería tener que pensar en su mantenimiento y demás cosas que una casa conlleva, pero ahora era distinto. Estaba decidida a comprar una casa, solo le quedaba definir dónde y cuándo.

Había utilizado la astrología exitosamente para su profesión, ahora la utilizaría para el resto que le faltaba. Sabía que según la oportunidad que se presentara, con solo evitar tránsitos planetarios complicados ya era suficiente.

También conocía de la diferencia energética de los lugares. La casa no iba a estar donde vivía ahora, pensaba más a largo plazo. Seria cerca del mar o en la montaña? No lo tenía definido aún, pero no sería en una gran ciudad.

El solo hecho de haber tomado esa determinación, la hacía sentirse bien. Sentía como que había abierto una puerta que estaba cerrada y con eso veía delante de ella un nuevo camino. Era un propósito distinto a todos los que había tenido anteriormente.

Entre caminatas en la playa, baños en el mar, excursiones de snorkel y el spa pasa cuatro días reconfortantes.

Habla con Rodrigo y le dice dónde está, le comenta de sus ideas y de los planes a los que le está dando forma. Él le contesta que viaja para estar con ella hasta que regresa.

Llega Rodrigo al resort. Él nunca había estado en ese lugar, y si bien el viajaba por todo el mundo, en ese lugar, por el solo hecho de estar ahí, sintió una energía distinta.

Subió a la habitación de Celeste y ella lo recibió con un dulce e intenso beso.

El sintió que algo había cambiado entre ellos desde la última vez que estuvieron juntos. Había otra energía.

Rodrigo la siente distinta a Celeste, la ve más relajada, más abierta, como si se hubiera sacado una coraza que la contenía.

Mas allá de eso, estaba radiante, bronceada, sensual. Parecía otra mujer.

Hacen el amor y hasta eso es distinto. Es menos mecánico, más caricias, más energizado pero relajado, como que sienten que tienen que hacer durar ese momento por siempre.

Se duermen abrazados como nunca había pasado antes.

Fueron unos días de los que se pueden definir como perfectos. Desde el lugar, el clima, de cómo se sentían ellos.

En sus largas charlas, cuando no estaban en la playa o haciendo el amor, Celeste le relata lo que estuvo pensando y la idea a la que le dio forma. Rodrigo desde hacía tiempo quería compartir más tiempo con ella, pero siempre la profesión y los negocios tenían prioridad.

Celeste le dice lo que necesita, le dice que le falta ese hogar que alguna vez tuvo y que quedó en el tiempo. Rodrigo vivía solo al igual que Celeste, ya no eran niños. Rodrigo era 9 años mayor a Celeste, con lo cual también pensaba en tener alguien con quien compartir el resto de su vida.

Si bien Rodrigo ni le interesaba la astrología, Celeste le había pedido los datos de nacimiento para ver su sinastría con él. Había aspectos positivos de Marte y Venus entre los dos, un buen aspecto entre Saturno de Rodrigo y el Venus de Celeste, con lo cual desde el punto de vista astrológico eso marcaba o la diferencia de edad entre ellos o que Rodrigo de alguna forma era el más maduro de la pareja. No había aspectos negativos importantes entre los planetas lentos de uno con los rápidos del otro. Eso estaba garantizando cierta estabilidad en la pareja, más allá que cada uno podría pasar por tránsitos complicados en algún momento, pero no se les darían a los dos a la vez.

Celeste le comenta que quiere comprar una casa para eventualmente vivir en ella, ya sea cuando se retire o antes, pero que lo sentía como necesario. Necesitaba un lugar para decir esa es mi casa, ese es mi hogar.

Rodrigo por sus negocios tenía contactos en distintas partes del mundo, y dado el tema complejo que se presentaba a nivel global en general, le comenta que sería bueno definir donde comprar primero y luego buscar casa. Hasta en la charla sale la posibilidad de comprar algo que sería para usarlo de vacaciones primero, para en algún momento ir a vivir.

CELESTE Y RODRIGO

De regreso a la rutina de la empresa y los negocios, ambos tenían la necesidad de verse con más frecuencia. Seguían las charlas sobre los mejores lugares para comprar un propiedad dando cada uno una visión de las cosas de acuerdo con la información que manejaban.

Después de un par de meses del viaje a Ixtapa, deciden ir a vivir juntos al departamento de Rodrigo.

Por los resultados, parece que el tránsito de Júpiter de Celeste realmente dio sus frutos. Si esta relación comenzaba bajo esos aspectos astrológicos sin lugar a duda eran de buen auspicio, más allá de los tránsitos de Rodrigo.

En ocasiones las cosas pueden comenzar bien, pero cuando se analiza en detalle el momento, existen uno o varios aspectos que no se vieron, pero que con el tiempo salen a la luz.

Celeste le da el toque femenino al departamento de Rodrigo, cosa que a él le cae muy bien. Desde la decoración, hasta los muebles que cambiaron le dan una fisonomía distinta al mismo departamento. De algo frio y empresarial, se convierte en algo más cálido y acogedor.

Así comienza esta nueva etapa en la vida de nuestra protagonista.

Desde el punto de vista evolutivo, vemos que resultado se puede lograr con el solo hecho de trabajar los puntos complicados de los aspectos natales. Antes que nada hay que reconocerlos, de nada vale tratar de solucionar un problema si no se tiene una buena definición de este.

Es muy común ver a personas que culpan a alguien de todos sus problemas, pero por el otro lado nunca se miraron realmente al espejo para ver como son, o porque hacen lo que hacen.

Celeste tomó la oportunidad que le brindó su oposición de Urano para verse a ella misma. Adentrarse en su esencia, ver lo que estaba bien y lo que se tiene que mejorar.

Este proceso debe hacerse sin culparse, sin buscar culpables para descargar las propias ineptitudes, y por sobre todas las cosas, comprender de donde viene las ideas que uno tiene o porque actúa de la forma que lo hace.

EL FINAL DE SU VIDA

Todo a quedado atrás para Celeste. Sus padres, sus abuelos, sus tíos ya habían dejado este plano de existencia. Quedaba ella y Rodrigo. Los dos tenían buena salud, un muy buen pasar económico y disfrutaban ambos de la compañía del otro. Ambos habían trabajado muy duro durante la vida, y por distintas razones habían renunciado a sus vidas familiares. Ahora se les presentaba la oportunidad de recuperar algo de eso. Nunca es tan tarde.

Celeste a veces pensaba, y si lo hubiera conocido antes, y si hubiéramos tenido hijos, y tantas otras preguntas que nos hacemos los seres humanos sobre el pasado.

La realidad es que fuimos tomando decisiones a medida que se presentaban las oportunidades y lo más probable que la decisión que se tomó hace diez años atrás ahora podría ser distinta, pero lo que no se comprende, es que tuvieron que pasar diez años de experiencia para poder pensar distinto.

Queda claro que la vida es aprendizaje y cuanto más uno vive, más uno aprende. Pero vivir en todo sentido de la palabra no solo transitándola.

Ese aprendizaje es el propósito que tenemos aquí en este plano, es nuestro 'contrato' que nosotros mismos definimos antes de venir. Nosotros elegimos el comienzo y desde el momento que teníamos consciencia pasamos a ser totalmente responsables de nuestras vidas.

Por sobre todas las cosas, el SER es responsable de sí mismo y no se puede delegar.

A una persona se la puede ayudar, se le puede dar apoyo pero bajo ningún punto de vista alguien puede o debe hacerse cargo de otra vida. Eso atentaría contra el libre albedrío que es lo más preciado que uno tiene.

Celeste reconoció su falla y buscó la forma de resolverla. Todos tenemos nuestro 'Saturno'. Todos tenemos una mochila con la cual nacemos y es durante la vida, utilizando nuestra consciencia como guía que aprendemos a dejarla de lado. El desconocerla y mirar para el otro lado y decir que la superamos, cuando todavía está ahí, sería un doble error. El pensar que superamos algo cuando en realidad lo ocultamos y nos convencemos de que no existe, tiene consecuencias.

Nosotros seremos nuestros propios jueces y determinaremos si logramos nuestros objetivos o no.

Nadie nos juzgará o nos defenderá, todo comienza y termina en uno.

Pero eso es en la siguiente etapa, pero en esta que todavía estamos aquí en la tierra, el error sería pensar que se pueden engañar a las leyes del universo.

EL REGRESO A CASA

Luego del tiempo que lleva desconectar la consciencia de Celeste del plano terrenal, que es un proceso que lleva unos días terrenales, comienza el mismo viaje a la inversa de cuando llegó a su madre. La misma aceleración, la misma visión de los planetas, las galaxias y en lugar de encontrar oscuridad como cuando llegó a su madre, ve una inmensa luz que la enceguece.

Los tiempos se miden de distinta forma dependiendo dónde uno esté en el universo, y lo que fue una vida en la tierra, pudo haber sido un día de donde viene Celeste.

Ella se encuentra en el lugar desde donde comenzó su viaje. Es ese sillón cama, donde está recostada cómodamente. Si lo queremos ver desde el punto de vista físico, Celeste nunca dejó ese lugar, su consciencia fue la que partió hacia la tierra.

Cuando en la tierra se habla de conectarte con el 'Yo Superior' simplemente se está diciendo, conectarse con nuestra misma esencia, que es de donde venimos.

Cuando uno hace los registros akáshicos, lo que hace es conectar con la fuente donde se encuentra almacenada toda la información. Todos tenemos la posibilidad de acceder a ella, pero desde el plano terrenal no es fácil con todos los condicionamientos y preconceptos que existen. Estamos en un plano denso de baja vibración.

Sigamos llamando a nuestro personaje Celeste, más allá que ya no es más Celeste, sino que regreso a su esencia la cual tiene infinidad de experiencias algunas con nombre, otras no, y que ocurrieron anteriormente en distintas galaxias, planetas y tiempos.

Alguien que tiene su tarea en el centro donde esta Celeste, se le acerca y le trae un vaso con agua energizada y le sonríe. Estas experiencias no son nada fácil de pasar, más allá que se hacen a voluntad y son importantes.

Hagamos el paralelismo cuando uno va a la universidad. Tiene que tomar una nueva clase, sabe que el profesor es exigente, el tema a estudiar complicado, los compañeros son nuevos, con lo cual es una experiencia nueva. Desde las tareas, el estudio, el tema nuevo a aprender y los exámenes todo eso genera cierto estrés.

Podríamos decir que algo similar sucede con una experiencia en la tierra. Mas allá del aprendizaje, la esencia que encarna se encuentra previamente en un ambiente donde todo es orden, armonía y paz. Eso es así porque se encuentra en un nivel que para pertenecer, requiere ciertos avances en el proceso evolutivo. Ir a la tierra, a tratar con los temas terrenales tiene su carga de estrés.

El ser que la atiende se cómica con Celeste telepáticamente mientras ella toma sorbos del agua. Celeste tiene toda la información junta de su vida y de alguna forma trata de ordenarla cronológicamente como para tener una secuencia. Su esencia se está equilibrando con la energía del lugar. Su consciencia está integrando la experiencia de la tierra con toda su anterior existencia.

Luego de un tiempo ella se siente bien, ya está de regreso y así lo siente. La sala donde se encuentra Celeste es grande, no se puede contar cuantos de esos sillones hay, pero es una gran cantidad. Todos esos seres estaban experimentando similar experiencia que Celeste y no necesariamente en la tierra. Podrían haber ido a cualquiera de los mundos existentes en la galaxia que están o en otras galaxias.

Cuando hablábamos que la IA seleccionó a los padres y el momento de bajar a la tierra, para poder determinar eso, la cantidad de información que se tuvo que procesar es inimaginable. Pensemos en la tierra hace 30 años atrás, quien hubiera imaginado la internet, Google o la inteligencia Artificial. Ahora solo tratemos de imaginar la cantidad de información que se debe manejar a nivel planetario, sistemas solares y galaxias. Está todo conectado, todo es parte del todo.

Celeste sale del centro de conexión de almas y regresa a su hogar. Ella comparte el lugar donde vive con otros que están en su mismo nivel de consciencia. Su existencia es similar a la tierra, pero muy diferente en varios aspectos.

En ese nivel de consciencia no existen los sentimientos, o los estados de ánimo como se experimentan en la tierra. Solo existe el reflejo de lo que podría ser un sentimiento. Celeste recuerda cada hecho que experimentó en la tierra, pero no el sentimiento que cada hecho tuvo como pudiera ser de alegría, tristeza o indiferencia.

Los alimentos están limitados a algo que se podría definir como agua energética que es lo que se requiere para la subsistencia y no como un placer como pasa en la tierra.

La comunicación es telepática, las relaciones entre los seres están dadas por intercambio energético, el cual es lo que podríamos definir como amor. Pero no el amor físico sino espiritual. No existen los diferentes sexos ni la actividad sexual. Un ser en determinado estado evolutivo puede desdoblarse y 'crear' uno o más seres de su misma esencia. Ese es otro proceso para lo cual existe un área encargada de realizarlo cuando las condiciones están dadas para ese Ser.

Todo está muy detalladamente diagramado y funciona sin errores. Todo tiene un porque y por sobre todas las cosas, un propósito.

Celeste se comunica con sus compañeros de hogar e intercambian información de las distintas cosas que cada uno ha hecho en lo que podríamos definir como su día. Tienen distintas responsabilidades, tareas para realizar y objetivos. Todos aportan a un bien común con el propósito de elevar consciencia.

Los distintos niveles evolutivos son de lo más variados y algunos difíciles de comprender a nivel terrenal.

Celeste comparte con su clan las experiencias vividas, su aprendizaje, sus errores, que objetivos alcanzó y cuales no, hace un balance muy por arriba de lo experimentado en la tierra.

La experiencia le da un grado o nota calificadora como resultado, y dependiendo de esto, así será su próxima experiencia. Cuando hablábamos que la IA evalúa la información ingresada por Celeste para su bajada a la tierra, también considera todos sus antecedentes y recién ahí asigna el lugar y condiciones de nacimiento.

Las condiciones de las próximas experiencias van a estar basadas en los niveles adquiridos en la sumatoria de las anteriores. Por eso que la evolución de un alma lleva millones de encarnaciones para ir perfeccionándose y elevando consciencia.

Solo se mencionó el área de conexión con la tierra y el área de multiplicación de seres, pero existen gran cantidad de organismos corpóreos o etéreos a nivel universal con distintas responsabilidades y tareas. Cada requerimiento tiene que ser atendido, nada se deja librado al azar.

Un organismo que nos debería interesar a los seres humanos por sobre todas las cosas es el 'Concilio del Amor'. El mismo se encarga de ver los grados evolutivos de cada planeta, y de ver como avanzan de acuerdo con el plan general. De acuerdo con los avances así se determinarán las posibles acciones a tomar considerando los objetivos del proceso evolutivo.

El Concilio decide si se debe enviar ayuda para elevar la consciencia del planeta si del análisis realizado resulta que no está evolucionando de acuerdo con el plan. Cada plan tiene sus variaciones y se permite determinada desviación. Si se ve que el planeta está estancado en su proceso evolutivo o en retroceso se analizan las posibilidades de ayuda.

Para hablar de la tierra que es lo que más se conoce, han pasado seres como Buda, Jesús, Krisna, Mahoma y tantos otros seres que no se les conoce el nombre, que fueron enviados para despertar la consciencia humana, porque la evolución estaba estancada a nivel planetario.

Si vemos la historia conocida en la tierra, que llegue ayuda no garantiza buenos resultados. Las guerras, los abusos de personas, el materialismo por sobre todas las cosas y el mal trato de la naturaleza entre otros, hacen que los objetivos no se cumplan. Los mensajeros que predicaron el amor y la empatía entre los seres humanos han sido mal interpretados o ignorados a través del tiempo.

De esa misma forma, cuando varios intentos de rescate han fracasado, luego de intenso análisis el concilio tiene la potestad de decidir un fin de ciclo y se debe comenzar de nuevo. El resultado del análisis es que ya no se puede arreglar.

El comenzar de nuevo significa un reinicio y la manera más común de llevarlo adelante es a través de una catástrofe a nivel global. Se podría tomar lo que se conoce como el diluvio universal, como uno de esos eventos.

En la tierra hay innumerables vestigios de civilizaciones antiguas que tuvieron un desarrollo muy grande y también desaparecieron, quedando solo las ruinas como testigo de que en algún momento poblaron la tierra.

Como el Concilio del Amor, también existen concilios que se encargan del proceso de evolución de las plantas, de los animales, ya que estos también tienen grados de consciencia de distinto nivel. Las estructuras universales tienen su complejidad y son necesarias para llevar adelante el proceso evolutivo total.

En esencia el universo funciona con leyes, las cuales son universales y nadie ni nada escapa a ellas. En la tierra el hombre define leyes que puedan o no estar alineadas con las leyes universales. Si las leyes terrenales definidas por el ser humano no están alineadas con las leyes universales, estas pueden ser una de las causas de porque las civilizaciones terrenales no avancen, se estanquen y desaparezcan.

De la misma forma que en cualquier país no se puede aprobar ninguna ley que vaya en contra de la carta fundacional, las leyes terrenales no pueden ir en contra de las leyes universales, pero es común que el ser humano lo haga. Esta es una de las causas donde la evolución se estanca o retrocede. Principalmente por no respetar las leyes universales.

La más fácil de identificar para comprender esto es la de no matar. El hombre no puede tener una ley que atente contra lo que se ha creado, lo cual es superior al hombre mismo. Nada puede justificar la muerte de otro, ni la guerra. Eso denota la falta de consciencia existentes.

El otro caso es que las leyes terrenales puedan estar bien intencionadas en su enunciación pero mal aplicadas en su concepto. Por ejemplo que a los niños tengan que ser educados es una obligación bien intencionada, pero que se los eduque de acuerdo con el color político de determinado momento, habla que no se tiene en cuenta su desarrollo personal, ni de la consciencia del niño. El desarrollo de la consciencia es el primer propósito de la existencia. Esta es una ley universal.

En determinados casos, las leyes universales se aplicarán más allá de que sean o no aceptadas por los humanos. Se aplica lo que se conoce como *Ordo ab Chao*, Orden al Caos.

NIVELES DE EXISTENCIA

De lo que nos atañe a los seres humanos porque está dentro de nuestra esfera de consciencia, veamos los distintos niveles que existen y han sido identificados.

Son los veintiún niveles de existencia a nivel físico en la tierra. Estos están dentro de los primeros 49 niveles de existencia, los cuales podrían tener 'comunicación' con la tierra. Los niveles arriba del 49 ya están en otro plano superior evolutivo de existencia y no tienen relación con los niveles más bajos.

Todos los grupos de niveles están relacionados con el número siete.

Los primeros tres niveles son físicos; incluyen plantas, animales y humanos.

El primer nivel

Este nivel tiene una frecuencia vibratoria más baja, que es de color azul. Permite que la consciencia del ser haga una transición suave. Este nivel es la base de los otros niveles dentro de ese plano de existencia.

El segundo nivel

Es el nivel vibratorio más alto y es de color Rojo. Este es un nivel espejo del primer nivel

Son lo opuesto y se complementa con el primer nivel. Cuando un ser se encuentra en este nivel está desarrollando una consciencia de toda la realidad del plano en el que se encuentra.

Es una conciencia de todos los sentidos, es una realidad en la cual es de inmersión total, lo cual está dado por los 5 sentidos. Este plano es para aprender.

El tercer nivel

Este nivel tiene una intensidad diferente, más dirigida al desarrollo de la consciencia interior, y el color es amarillo. Este nivel atraviesa los otros dos niveles anteriores.

En este nivel se puede llegar más directamente a otras formas de vida en el mismo plano.

Como los dos niveles anteriores, es horizontal y no puede ni ascender o descender. Es de aprendizaje.

El cuarto nivel

El color de este nivel es rosa. Es el nivel donde se puede hacer contacto con otras entidades de otros niveles. Este plano es el inicio de la ascensión o descenso, crea unidad con todos los demás planos.

La principal cualidad de este plano es lo que llamamos AMOR (no como se conoce a nivel terrenal).

Logra la apertura a otras realidades fuera de lo material.

El quinto nivel

El color de este nivel es verde. Esta es una luz curativa y trabaja muy de cerca con el cuarto nivel. Los dos niveles están interrelacionados.

Este nivel se presenta por una gran paz interior, da gran tranquilidad debido al desarrollo de la consciencia, es la conciencia del amor. Este es un nivel descendente, donde el ser es más consciente de la realidad de los niveles anteriores. Este nivel brinda la comprensión de la realidad.

El sexto nivel

El color de este plano es púrpura (un tipo diferente de púrpura) Este es un nivel ascendente y crea una conciencia de la posibilidad de alcanzar los siguientes niveles. En esta realidad, el ser puede trascender el plano donde se encuentra.

El quinto y sexto nivel son muy interesantes y hay muy pocos seres que existan en estos niveles.

El séptimo nivel

El color para este nivel es blanco. Este nivel cierra el primer círculo evolutivo y el ser tiene la consciencia y la comprensión completa de la realidad. La consciencia no es solo para el nivel del yo, sino también para todos los niveles que podrían estar en contacto.

Este nivel es vertical y toca todos los demás niveles de existencia. Este nivel es el que armoniza y une todos los otros niveles. Este es el plano más elevado de realidad en el cual se puede existir en forma física.

Los animales existen desde el plano ocho hasta el decimocuarto.

Cuando una conciencia alcanza el nivel decimocuarto, ya no puede ir más alto, a menos que esté dispuesto a cambiar su forma de consciencia.

Los niveles quince a veintiuno son lo que se llama vida humana en la tierra

Cuando una persona alcanza el nivel veintiuno, tiene la opción de ir más alto o permanecer en forma humana. Para ir más alto tiene que renunciar a encarnar en forma humana.

Los niveles veintidós a veintiocho son un puente. Estos son los niveles en los que entra el ser humano al morir y regresar al origen de donde proviene.

Cuando una conciencia alcanza el nivel veintiocho, se cruza un puente, y para continuar su evolución, no puede tomar forma humana de ningún tipo. Lo puede hacer como cualquier otra forma de vida pero no como humano.

Cuando se llega a nivel de consciencia superior al cuarenta y nueve, ya no se puede tener comunicación con los niveles de consciencia inferiores, se pasa a otro plano de escala de consciencia.

Como se puede ver, la complejidad es muy grande ya que existe una convivencia en la tierra de distintos grados de consciencia a la vez. Esto hace muy compleja la existencia y con mucha posibilidad de probar distintas experiencias.

Otros planetas más avanzados desde el punto de vista evolutivo son más armónicos y homogéneos en cuanto a su estructura y convivencia, haciendo más predecible cualquier experiencia.

Si vemos en la tierra las distintas culturas, razas, países, religiones, líneas políticas y demás cosas que separan y dividen a las personas, sumado a esto, que se está en un nivel denso de baja vibración y motivado por las emociones, las experiencias se hacen más que interesantes.

Por si se tiene alguna duda de los planos o niveles de consciencia que se mencionaron, solo queda preguntarse de porque la iglesia católica define muy claramente las distintas jerarquías celestiales reconocidas por ellos.

Primera jerarquía

Serafines

Querubines

Tronos

Segunda jerarquía

Dominaciones

Virtudes

Potestades

Tercera jerarquía

Principados

Arcángeles

Ángeles

Cada uno se encuentra en un nivel evolutivo lo que les da distintas capacidades y funciones, y son los encargados de determinadas tareas celestiales o de comunicación con los humanos.

Las demás religiones dividen los niveles jerárquicos celestiales de otra forma, pero reconocen los distintos grados de consciencia en el universo.

Celeste por su grado evolutivo y experiencia, tiene asignado como 'trabajo' un grupo de personas que están en la tierra. La tarea de ella es conectarse con las mismas, sin interferir en sus acciones y permitiendo el libre albedrío, para ayudarlas en su proceso evolutivo.

Al igual que le pasó a ella en su última experiencia, no es fácil llegar y comenzar algo nuevo sin tener memoria de lo anterior.

En el plano de la tierra el nuevo ser dependerá desde pequeño del amor que reciba, la educación y el cobijo como base fundamental. El condicionante del árbol genealógico es un factor que no se puede obviar, sumado a la educación posterior y las experiencias por las que pase.

Se dice que el ser humano puede evolucionar su consciencia después de los 40-43 años, identificado por la astrología por la oposición de Urano. Esto podría ser dado el momento crítico del desarrollo, ya que es un momento de balance en la vida. Se observa el camino recorrido y es cuando se sacan conclusiones.

La segunda parte de la vida que está comenzando, brinda la posibilidad de desarrollar todo lo aprendido anteriormente y elevar el estado de consciencia. Esta es una oportunidad, pero no está garantizado su desarrollo, dependerá de cada uno cómo use el libre albedrío.

Celeste en su tarea, se 'conecta' con las personas que tiene a cargo, viendo como trascurre la vida de ellos, y proveerá la ayuda que necesiten. Se les presentará en forma de sueños, libros, películas, videos, personas y cualquier cosa que les dé una pista de solución o información para la situación por la que están pasando.

No está garantizado que la persona reconozca estos mensajes. Celeste no será calificada por su éxito o fracaso de la persona, sino por el apoyo que le dé. El resultado no depende de ella.

Cualquiera de nosotros podemos ver cuantas cosas de nuestra vida diaria se hicieron o se dejaron de hacer porque llegó de alguna forma un 'mensaje' y eso nos hizo cambiar de decisión.

El 'astrólogo' que se le presentó a Celeste en el café, bien pudo haber sido una de esas intervenciones que los seres humanos recibimos, las cuales tienen un propósito. Que nos demos cuenta o no, que le prestemos atención o no, dependerá de cada uno. Pero la ayuda existe.

Solo hay que darle las gracias a ese ser superior que está guiando, el cual lo hace desinteresadamente buscando lo mejor para cada uno. Hay que estar abiertos para recibir esa comunicación, la cual no tiene ningún tipo de limitación, mientras sea para superarse y evolucionar.

La vida de Celeste trascurre así en su rutina mientras hace trabajos para elevar consciencia y pensando en su próxima experiencia en la tierra la cual se dará luego de los grandes cambios que sabe que se avecinan.

Pueda que en su próxima experiencia vuelva como alguien que trabaje las energías a nivel personal en la tierra, para poder ayudar aquellos que sobrevivieron el fin del actual ciclo.

ENZO

En la ciudad de Buenos Aires, Argentina en los primeros días del mes de agosto nace un bebe de sexo masculino.

La enfermera mira al reloj en la pared el cual marca las 11:45 hs.

Es un día lluvioso y frío pero para los padres de Enzo eso no importaba, les había llegado el momento que tanto esperaban, había nacido su hijo...

Continuará...

El Juego de la Vida

About the Author

Edu Petriati, a computer scientist and astrologer, introduced a new look at astrology in 2018 with the book Astrology in the 21st Century, which was followed by Astrology in the 21st Century – Evolution. His extensive career in the technological sector and after years of studying and practicing astrology, he presents this book as a proposal seeking to delve into the reason for life, before and after passing through this plane and seeing the purpose behind the things.

Read more at https://www.elnuevocamino.com.

9 798224 796373